www.tredition.de

AF198102

Urs Aebersold

*1944 in Oberburg/CH

1963 Matur in Biel/Bienne (CH)

1964 Schauspielschule in Paris, Kurzspielfilm "S"

Studium an der Universität Bern. Weitere Kurzspielfilme:

"Promenade en Hiver", "Umleitung", "Wir sterben vor"

1967-70 Studium an der HFF München

1974 Erster Kinospielfilm DIE FABRIKANTEN

Diverse Drehbücher für "Tatort"

Ab 2016 erste Buchveröffentlichungen

VERZAUBERT / NOVEMBERSCHNEE / DAS BLOCKHAUS - Drei Erzählungen

JULIA / AM ENDE EINES TAGES / DUNKEL IST DIE NACHT - Drei Erzählungen

NUITS BLANCHES - Roman

DER BAUCH MEINER SCHWESTER / EIN PERFEKTES PAAR / DIESES JÄHE VERSTUMMEN - Drei Erzählungen

BLUT WIRD FLIESSEN - Psychothriller
TÖDLICHE ERINNERUNG - Psychothriller
DER LETZTE BUS - Psychothriller

DAZED & DAZZLED - Roman

ALBATROS - Roman

UNAUFHALTSAM - Mystery-Thriller

UNAUFHALTSAM

Mystery-Thriller

Urs Aebersold

© 2021 Urs Aebersold

Coverfoto: Pixabay

Verlag und Druck: tredition GmbH

Halenreie 42

22359 Hamburg

ISBN

Paperback: 978-3-347-08372-1

Hardcover: 978-3-347-08373-8

e-Book: 978-3-347-08374-5

UNAUFHALTSAM

Sie schrie und schrie seit Stunden, und immer noch wollten die Zwillinge nicht kommen. Man verabreichte ihr Mittel, um die Geburt künstlich einzuleiten, und schob sie in den OP. Nach äußerster Anstrengung aller Beteiligten zeigte sich schließlich der Kopf des ersten Zwillings, und plötzlich, wie von Geisterhand bewegt, schoß der ganze Körper ungehindert in einem glatten Schwung heraus.

Und dann geschah etwas, das hinterher das Leben aller Anwesenden außer der Mutter, die davon nichts mitbekam, bis in den Kern erschütterte. Von einem bläulichen Licht umgeben, schien der Säugling sauber, wie frisch gewaschen, ohne die blutigen Spuren der natürlichen Geburt und auch ohne Nabelschnur, sein Gesicht war glatt und rosig wie das eines Einjährigen, seine porzellanblauen Augen waren weit geöffnet und musterten die Umstehenden wie ein Auserwählter mit wachem, lächelndem Blick. Doch dieser Moment währte nur kurz, dann erlosch die Erscheinung, er nahm die normale Gestalt eines Neugeborenen an, lag da mit seinem zerknautschten Kopf, glitschig und blutig vom Geburtsvorgang und schrie aus Leibeskräften, seine Ansprüche als neuer Erdenbürger resolut anmeldend.

Doch schon machte sich das zweite Baby bemerkbar, stumm, leblos, mit geschlossenen Augen und beträchtlich kleiner glitt es neben seinen Bruder, an einer schrumpeligen Nabelschnur hängend, die zum Entsetzen aller auf unerklärliche Weise zu einer Schleife verknotet war.

Wie in Trance verrichteten Arzt und Schwestern ihre Arbeit, versuchten vergeblich, den Zweitgeborenen wiederzubeleben, versorgten das gesunde Kind und konnten keinen Augenblick vergessen, was sie gesehen hatten.

Von Grauen gelähmt, redeten sie nie über diese furchteinflößende, verstörende Vision, in der trügerischen Hoffnung, sie durch Schweigen in Bann halten und vergessen zu können. Doch der Arzt wurde zum Alkoholiker und verlor später seine Approbation, die eine Schwester schloß sich einer Erlösungssekte an und die zweite landete mit wahnhaften Wiedergeburtsphantasien in der Psychiatrie.

Die Mutter, die von all diesen wundersamen Begleiterscheinungen nichts erfuhr, schenkte nach einem Jahr der Trauer ihre ganz Fürsorge dem Erstgeborenen, ohne ihm je von seinem Bruder zu erzählen, um ihn nicht zu belasten, und so blieb offen, ob das Klinikpersonal einer kollektiven Wahnvorstellung zum Opfer gefallen oder Zeuge eines realen, wenn auch unerklärlichen Vorgangs geworden war.

1

Sie hatten sich schon eine Weile nicht mehr gesehen und trafen sich diesmal in seiner Wohnung. Sie zogen sich im Schlafzimmer aus, dann trat Rick hinter Natalie und umfaßte lüstern ihre runden, nackten Brüste, die genau in die Höhlungen seiner kräftigen Pranken paßten, in denen sich überraschend viel Feingefühl verbarg. Er war ein Mann Anfang vierzig, groß, massig, der ganze Körper behaart, wie von Fell bedeckt, mit dicken, schwarzen Locken, die ihm in die Stirne fielen. Er bewegte sich langsam, seine dunklen Augen ahnten Bewegungen voraus, noch bevor das Hirn des Betreffenden den Impuls dazu gab, und er konnte Angst riechen wie ein Tier. Dennoch hatte er nichts Bedrohliches an sich, sein Gesicht wirkte im entspannten Zustand wie das eines gesättigten Bären.

Vor drei Jahren, als die Leiterin der Werbeagentur, in der Natalie damals als deren Assistentin arbeitete, unter mysteriösen Umständen ums Leben kam, hatten sie sich kennengelernt. Als einer der Hauptkommissare der örtlichen Mordkommission hatte er sie routinemäßig befragt. Sie war zur mutmaßlichen Todeszeit zu Hause gewesen und hatte mehrere geschäftliche E-Mails verschickt. Ihre Chefin, eine kinderlose, herrschsüchtige Intrigantin, die mit wechselnden Liebhabern ein undurchsichtiges Leben geführt und sich viele Feinde gemacht hatte, wurde frühmorgens vom Hausmeister leblos in ihrem Porsche Macan auf dem Firmenparkplatz aufgefunden. Eine ihrer Marotten hatte darin bestanden, abends grundsätzlich als Letzte die Firma zu verlassen. Ein Anwohner, der zur Todeszeit zufällig aus dem Fenster sah, wollte einen bläulicher Schimmer in dem Auto bemerkt haben, was man dahingehend interpretierte, daß vermutlich genau in diesem

Augenblick die Frau eingestiegen und die Innenbeleuchtung angegangen war. Trotz intensiver Ermittlungen blieb der Fall rätselhaft, auch eine kaum wahrnehmbare Hüftverletzung blieb ungeklärt. Als Ursache für den plötzlichen Herzstillstand einigte man sich schließlich auf die reichlich in ihrem Blut vorhandenen Aufputschmittel.

Natalie stieg zur künstlerischen Direktorin auf, und Rick schaute noch ein paarmal bei ihr vorbei, um ein paar letzte Details zu klären. Schließlich trafen sie sich auch privat, und jedesmal, wenn er ihr nahekam oder sie wie zufällig berührte, hatte sie das Gefühl, in einen Urwald einzutauchen. Nie wurde er grob oder ungeduldig, er schien mit unerschöpflicher Energie ausgestattet, die es ihm erlaubte, nur einen winzigen Teil davon zu aktivieren und sich anderen Menschen gegenüber duldsam zu zeigen. Sie konnten sich alles sagen und stimmten vollkommen in ihrer Weltsicht überein, dazu kam ihre beidseitige, unverstellte erotische Anziehungskraft.

Ihre aparte Attraktivität gepaart mit ihrem feinnervigen Wesen waren in ihrem Beruf von unschätzbarem Wert. Während ihre Verhandlungspartner, fasziniert von ihrem Anblick, vergeblich versuchten, sie abzuschätzen und sich ein Bild von ihr zu machen, konnte sie in ihnen lesen wie in einem offenen Buch, ohne von sich selbst etwas preiszugeben.

Mit ihren langen, schmalen Fingern griff sie nach Ricks Händen, die immer noch auf ihren Brüsten ruhten, und genoß das Gefühl von Wärme, die von ihnen ausging und durch sie hindurchströmte. Sie war einen Kopf kleiner als er, lockige, kupferrote Haare fielen ihr auf die Schultern. Ihr geschmeidiger, straffer Körper drückte sich eng an ihn, dann drehte sie sich langsam um, packte ihn an den Schultern, warf ihn spielerisch rücklings aufs Bett, ließ sich mit ihm fallen und blieb auf ihm liegen. Ihre alabasterfarbene Haut bildete einen scharfen Kontrast zu seinem Olivton, und wenn sie beide ausgingen, was selten geschah, zogen sie die Aufmerksamkeit auf sich. Hinter ihrem Rücken tuschelten die Leute, man hielt sie für ein Promipaar. Rick legte seine Arme um sie und hielt sie wie in einem Schraubstock umfangen.

"Es ist mir immer noch ein Rätsel, warum du ausgerechnet mit mir zusammen bist... in deiner Agentur wimmelt es doch von hübschen Bengeln..."

Natalie hob den Kopf, und der Blick ihrer Augen, die von einem samtenen Dunkelblau waren, tastete forschend über sein Gesicht, ob die Frage ernst gemeint war, doch sie entdeckte nicht den leisesten Funken Ironie.

"Diese hübschen Bengel haben Spiegel in ihren Schlafzimmern, schauen sich dabei zu, wie sie es treiben, und platzen vor Bewunderung, wie toll sie sind... oder sie sind schwul..."

Rick drückte sie fester an sich, seine Stimme wurde leiser.

"Und was ist mit Kindern?"

Natalie stützte sich auf einen Ellbogen und fuhr ihm sanft durch sein welliges Haar.

"Entweder sie kommen, oder sie kommen nicht..."

"Dann gibt es nur uns beide..."

"Zum Teufel, ja..."

Behutsam tastete seine Hand über ihren Körper, und er spürte ihre Bereitschaft.

"Ich bin froh, daß du das sagst..."

Natalie wand sich unter seinen Berührungen, ein leises Stöhnen löste sich von ihren Lippen. Seine Hand wanderte weiter.

"...und es macht dich immer noch an, wenn ich in Fahrt komme..."

"Nichts ist vergleichbar mit deiner Naturgewalt..."

Rick rollte sich auf Natalie und stützte sich mit seinen Armen ab.

"Du bist diejenige, die sie entfesselt..."

Danach schliefen sie friedlich ein wie Kinder, die ihr Lieblingsstofftier fest im Arm halten, doch nach unruhigem, von Wachzuständen unterbrochenem Schlaf hatte Rick wieder seinen Alptraum. Wie immer lag er am Boden eines engen, mit einer trüben Flüssigkeit gefüllten Behälters und versuchte verzweifelt, an die Oberfläche zu gelangen. Vor seinem Gesicht wand und drehte sich ein dünnes Seil, das glitschig war und keinen Halt bot, wenn er sich daran hoch zu ziehen versuchte. Trotzdem geriet er nicht in Panik zu ertrinken, es war mehr dieses Gefühl von Enge und Gefangenschaft, das ihn in rasende, ohnmächtige Wut versetzte und ihn nach dem Aufwachen noch lange mühsam atmen ließ.

2

Nach einer langgestreckten Kurve tauchte das Ortsschild unvermittelt im Scheinwerferlicht auf, Rick Huizman trat behutsam auf die Bremse und brachte seinen Dienstwagen auf der Einbiegung zu einem Schotterweg, der rechterhand von der Landstraße abbog, zum Stehen. Der Frühling war noch fern, die Nacht war schon fast vollständig hereingebrochen, nur ein paar helle Streifen über dem dichten Wald im Westen zeugten noch von dem Tag, der eben zuendeging.

Huizman ließ den Motor laufen und das Licht an und trat ein paar Schritte die Böschung hinunter. Der Einsatz, der ihm bevorstand, würde für Stunden seine ganze Konzentration und alle seine Kräfte beanspruchen, eine volle Blase wäre dabei nur hinderlich. Er stellte sich breitbeinig hin, öffnete den Reißverschluß seiner Hose, ließ es genußvoll strömen und ging in Gedanken noch einmal die Stationen des Falls durch, den er mit seinen Kollegen vom Sonderkommando, dem SEK und der örtlichen Polizei hoffentlich heute nacht abschließen konnte.

Seit Jahren hatte eine Autoschieberbande, die sich auf die großen SUVs der Premium-Marken spezialisiert hatte, ihr Unwesen getrieben, ohne je verwertbare Spuren zu hinterlassen, bis auf einmal gewaltsame, nächtliche Banküberfälle hinzukamen, bei denen die Täter mit gestohlenen, extra präparierten SUVs die Eingangstüren durchbrachen und sich mit Sprengstoff Zugang zu den Tresorräumen verschafften.

Experten beim LKA fanden heraus, daß es sich um Explosivmaterial aus alten russischen Heeresbeständen handelte, das vor Jahrzehnten auch nach Tschechien geliefert worden war. In enger Zusammenarbeit mit den tschechischen Behörden stieß man auf einen alten Militärhangar kurz hinter der Grenze, in dem eine legal eingetragene Firma tagsüber landwirtschaftliche Fahrzeuge reparierte, während nachts, in einem unterirdischen Bereich, der über einen Geheimzugang verfügte, die Bande offenbar die gestohlenen SUVs umlackierte und mit gefälschten Kennzeichen versah.

Gleichzeitig war Huizman mit seinem Team dem Mann auf die Schliche gekommen, welcher der Bande, die mit den Autodieben identisch war, offensichtlich Tips für die Überfälle gab, denn es waren ausschließlich die Filialen der Bank für Handel+Gewerbe, BfHG, betroffen. Mal ging es um kurzfristig überdurchschnittlich viel gelagertes Gold, mal um alte, aussortierte Banknoten, die zum Weitertransport und Austausch für die Bundesbank bestimmt waren. Bei den drei Anschlägen waren bisher gut vier Millionen Euro an Beute zusammengekommen.

Die Justiz sorgte dafür, daß die Inhaftierung des Komplizen nicht publik wurde, und Huizman und seine Leute kümmerten sich darum, daß der Kontakt zur Bande über den Kanal, den der Insider benützt hatte, nicht abbrach – denn die Soko hatte einen Plan. In der Kleinstadt unweit der Grenze, vor deren Ortsschild Huizman eben ausgetreten war, befand sich eine Niederlassung der Bank in einem zweigeschossigen, schmucklosen Bau, das ihr gehörte und früher einmal die Zentrale gewesen war. Der Schalterbetrieb war zwar schon seit längerem eingestellt worden, doch es gab noch einen Geldautomaten, in den Büros im ersten Stock wurde nach wie vor gearbeitet, und Geschäftskunden gingen ein und aus. Diese Außenstelle sollte demnächst geschlossen, das Gebäude abgerissen und ein Wohnblock errichtet werden, ein idealer Ort für eine Falle.

Über den geheimen Kanal wurde die Bande darüber informiert, daß an diese Filiale an einem bestimmten Tag Gold geliefert werde, hundert Barren zu je einem halben Kilo in einem Gesamtwert von etwa zweieinhalb Millionen Euro, das am Morgen darauf an die Dependancen weiterverteilt werden sollte. Über abgehörte Telefongespräche erfuhr die Soko, daß die Gauner den Köder geschluckt hatten, und um sie in Sicherheit zu wiegen, falls sie heimlich überprüften, ob das Edelmetall wirklich eingetroffen war, hatte man heute mittag den Transporter einer Sicherheitsfirma vorfahren und zum Schein Metallkisten in die Bank bringen lassen, die mit Aufschrift und Größe der angekündigten Lieferung entsprachen – und jetzt saßen alle wie auf Kohlen, ob die Bande heute nacht tatsächlich zuschlagen würde.

Huizman zog den Reißverschluß seiner Hose hoch, stapfte zu seinem Auto zurück und setzte sich ans Steuer. Auch wenn er heute erst zum Schluß der Aktion, sobald die Täter alle verhaftet waren, zu seinem eigentlichen Einsatz kam – die Überprüfung ihrer Identität -, war er mit allen anderen Polizeikräften für einen reibungslosen Ablauf verantwortlich und mußte jederzeit auf alle möglichen Überraschungen gefaßt sein.

Huizman schob den Ganghebel auf Drive, fuhr auf die Straße hinaus und rollte langsam an den ersten Häusern vorbei in den Ort hinein.

3

Die BfHG-Filiale befand sich im Zentrum der Ortschaft auf der Südseite eines kleinen Parks, der von einem mächtigen Brunnen mit der Statue des Stadtgründers beherrscht wurde. Der graue, unauffällige Zweckbau aus den 50er-Jahren unterschied sich kaum von den anschließenden Häuserzeilen, und von außen waren keinerlei Anzeichen sichtbar, daß schon bald ein Abriß bevorstand. Als einziger Zugang zum Ortszentrum führte vom Westen und vom Osten her die Hauptstraße zu diesem Platz, die sich südlich und nördlich jeweils als Einbahnstraßen um ihn herum wand.

Nicht weit entfernt, auf dem Parkplatz einer Spedition, von der Straße aus nicht einsehbar, hatten sich die Polizeikräfte versammelt, die sich auf ihren Einsatz vorbereiteten. Auffällig waren zwei gepanzerte Fahrzeuge vom SEK und ein Kleinbus, vollgestopft mit Abhörtechnik. Die Zufahrt wurde von der örtlichen Polizei abgeschirmt.

In einem improvisierten, nach vorne offenen Zelt saßen der Leiter des Einsatzkommandos, Armin Gruber, und Valentin Bubek von der Soko <Feuerball>, der auch Huizman angehörte, vor Monitoren, die aus unterschiedlichen Perspektiven den gesamten Bereich vor der BfHG-Bank zeigten, allerdings nur im funzligen Licht der Straßenlaternen, als Huizman die Kontrolle passierte und sich sofort zu ihnen gesellte. Nach einem Blick auf die Uhr funkelte ihn Bubek boshaft an.

"Na, Rick, wir waren wohl schwer zu finden... was sagen die Auguren?"

"Daß es sehr laut werden wird... und ein ziemlicher Schock für die Einheimischen..."

Bubek sah entschuldigend zu Gruber hinüber, dann wandte er sich wieder an seinen Mitarbeiter.

"Das hatten wir doch schon... ein einziges falsches Wort zur falschen Person, und die ganze Stadt hätte Bescheid gewußt... einschließlich unserer <Klienten>..."

Huizman zuckte die Achseln.

"Ich sage ja nur... ich möchte nur nicht erleben, daß nach dem Riesenknall plötzlich Zivilisten in der Schußlinie stehen..."

Gruber, der bisher gleichgültig zugehört hatte, hob seinen hageren Kopf mit dem eisgrauen Stoppelhaar um ein paar Zentimeter in Richtung Huizman, ohne ihn direkt anzuschauen.

"Das lassen Sie unsere Sorge sein. Bevor jemand kapiert, was los ist, sitzt die Bande fest..."

Huizman wiegte den Kopf.

"Das heißt, wir halten an unseren Plänen fest?"

Gruber sah Bubek an, der mit seinem runden Gesicht und dem altmodischen Knebelbart an einen Zirkusdirektor erinnerte. Nur wer ihn gut kannte, wußte, daß er blitzschnell begriff und nichts lieber tat, als seine Untergebenen zu demütigen.

"Haben Sie es immer noch nicht kapiert? Wir müssen sie auf frischer Tat ertappen, sonst ist der ganze Aufwand umsonst..."

Gruber nestelte an seinem Headset.

"Wir können froh sein, wenn sie den Köder geschluckt haben und nicht plötzlich mißtrauisch werden... nicht auszudenken, wenn sie einfach zu Hause bleiben..."

Bubek setzte sein fatalistisches Lächeln auf und sah Huizman verächtlich an.

"Unsere Strategie ist perfekt... wir dürfen nur den richtigen Zeitpunkt für den Zugriff nicht verpassen..."

Huizman nickte.

"Dafür haben wir ja den richtigen Partner..."

Bubek und Gruber sahen sich an, doch beide verzichteten auf eine Erwiderung. Huizman warf einen raschen Blick auf das geschäftige Treiben auf dem Parkplatz.

"Sind sie schon unterwegs?"

Bubek rückte sein Headset zurecht.

"Sie treffen offenbar Vorbereitungen... "

Er deutete mit dem Kopf auf den Kleinbus, aus dem Antennen und eine Satellitenschüssel ragten.

"Fragen Sie die Kollegen..."

Mit dem rechten Zeigefinger deutete Huizman einen Gruß an und ging weiter zum Van, dessen seitliche Schiebetür offenstand. Der Fahrer kaute in aller Ruhe an einem Sandwich, während zwei Techniker mit aufgesetzten Kopfhörern konzentriert an Knöpfen drehten. Der jüngere machte kurz ein Ohr frei.

"Hey, Rick, gut, daß du da bist..."

"Sind sie schon losgefahren?"

Der Techniker machte Huizman ein Zeichen, ruhig zu sein, setzte sich den Kopfhörer wieder ganz auf und lauschte angestrengt. Dann entspannte sich seine Miene.

"Sie haben gerade die Motoren gestartet, es müssen drei Fahrzeuge sein..."

Huizman drehte sich um, winkte zum Zelt hinüber und hob den Daumen. Bubek und Gruber nickten gleichgültig, als ob ihnen die Ungewißheit nicht die ganze Zeit auf den Nägeln gebrannt hätte. Huizman wandte sich wieder an den Techniker.

"Wie lange brauchen sie?"

"Falls sie sich an die Geschwindigkeitsbeschränkungen halten..."

"...das tun sie, sie wollen ja nicht auffallen..."

"…dann etwa eine Stunde..."

"Sie werden nicht gleich zuschlagen... nicht vor morgens um zwei... das wird noch eine verdammt lange Warterei..."

Huizman stieg in den Bus und setzte sich auf einen freien Platz.

"Wenn ihr mal eine Pause braucht... ich löse euch ab... ich kenne ja die Herrschaften..."

4

Wie sprungbereite Tiere standen die drei riesigen, schwarzen SUVs – ein Audi, ein Mercedes und ein Volvo – nebeneinander auf der Waldlichtung. Scheinwerfer und Motoren waren aus, die Türen geöffnet, in allen drei Fahrzeugen brannte die Innenbeleuchtung. Vier Männer standen um die Autos herum, zwei saßen jeder für sich unter der Heckklappe auf der Ladefläche eines der SUVs. Alle trugen schwarze, einteilige Monteuranzüge aus glänzendem Kunststoff, ihre Füße steckten in derben Stiefeln und ihre Hände in schwarzen Gummihandschuhen. Keiner sprach ein Wort, sie tranken heißen Tee, rauchten oder schoben sich den letzten Bissen eines Sandwiches in den Mund. Auf ein Zeichen von einem der Männer stiegen sie je zu zweit in die Geländewagen, die Innenbeleuchtung erlosch, die Motoren wurden angelassen, die Abblendlichter eingeschaltet, dann glitten sie lautlos hintereinander auf die Straße zurück, die durch dichten Wald führte. Die Front des Volvo, der in der Mitte fuhr, war mit einem unauffälligen, schwarz lackierten Gitter aus Stahl verstärkt, das sich nach vorne hin zu einem leichten V zuspitzte.

Huizman stieß den jungen Techniker an, den er abgelöst hatte und der sich draußen die Beine vertrat.

"Sie kommen..."

Der Techniker riß ihm die Kopfhörer aus der Hand, und Huizman eilte zum Zelt hinüber.

"Es geht los..."

Gruber sah Huizman scharf an.

"Sind sie schon an unserem Posten vorbei?"

"Nein, aber das kann jederzeit der Fall sein..."

Bubek sprach zu Huizman, ohne die Monitore aus dem Blick zu lassen.

"Sagen Sie den Technikern, sie sollen den Ton auf Kanal 3 freischalten... wir wollen die Bande hören..."

Kurz vor dem Ortseingang, am anderen Ende der Stadt, beobachtete der Polizeiposten, wie sich die drei riesigen SUVs langsam näherten, peinlich darauf bedacht, die vorgeschriebene Geschwindigkeit einzuhalten, und mit einem Abstand, der sie nicht als Kolonne verdächtig machte. Leise sprach er in sein Mikro.

"Das Schaf ist im Gatter..."

Zuerst bog der Mercedes auf den menschenleeren Platz ein, dann folgte der Volvo und zuletzt der Audi. Da sie von Osten kamen, mußten sie erst den Platz umrunden, um vor die Bank zu gelangen, und das taten sie in majestatischer Ruhe. Vor der Bank beschrieb der Mercedes eine halbe Drehung und setzte zurück, bevor er zum Stillstand kam, sodaß sein Heck nach Osten gerichtet war, der Volvo stellte sich mit seiner Front vor der Tür auf, und der Audi blieb in einigem Abstand so stehen, daß sein Heck nach Westen sah.

Gruber und Bubek starrten gebannt auf die Monitore, Gruber beugte sich vor und sprach in sein Mikro.

"P1 und P2... auf Sichtweite vorrücken... Gefechtsbereitschaft..."

Die beiden gepanzerten Fahrzeuge preschten auf die Hauptstraße hinaus und näherten sich rasch von Westen und Osten her dem Park, an dem sich die Bank befand. Hinter ihnen riegelte die örtliche Polizei sofort sämtliche Zugänge ab.

Dann geschah alles ganz schnell. Während sich die Heckklappen von Audi und Mercedes fast gleichzeitig öffneten und die Rohre von schweren Maschinengewehren sichtbar wurden, setzte der Volvo im Schrittempo nach hinten und walzte dabei die Hecke nieder, die den kleinen Park umschloß, bevor er mit aufheulendem Motor nach vorne schoß und die Eingangstür aus ihrer Verankerung riß, die dröhnend in der Schalterhalle aufschlug. Der Volvo setzte zwei Meter zurück, um das klaffende Loch freizugeben, die beiden Insassen und je einer aus den beiden anderen SUVs stürzten ins Gebäude, das gleich darauf von einer dumpfen Detonation erschüttert wurde. Im selben Moment erschienen die Panzerfahrzeuge am Eingang des Rondells.

Gruber tauschte einen Blick mit Bubek.

"P1 und P2... weiter vorrücken... bereit zum Feuern..."

Unbeirrt hielten die Panzerwagen auf die Bank zu, ohne sich an die Einbahnregel zu halten, und wurden augenblicklich von den beiden Maschinengewehren unter Beschuß genommen.

Grubers Gesicht berührte fast die Monitore, seine Stimme klang gepreßt.

"Licht an... Ziele eliminieren..."

Licht flammte auf, das hinter der Statue versteckt worden war, und tauchte die ganze Szenerie in grelles Licht. Es dauerte nur kurz, dann machten sich die beiden Bordgeschütze der Panzerwagen bemerkbar, das feindliche Feuer verstummte, und in Sekundenschnelle waren die beiden SUVs, aus denen geschossen worden war, nur noch ein Haufen Schrott. Vor dem aufgesprengten Eingang kamen die Panzerfahrzeuge zum Stehen, Tränengas flog durch die Öffnung in die Schalterhalle.

Gruber, der jetzt wieder zurückgelehnt in seinem Sessel saß, sprach eindringlich ins Mikro, das er auf die Lautsprecher außen an den Panzerwagen geschaltet hatte. Seine Stimme klang blechern und verzerrt.

"Das Spiel ist aus... ergeben Sie sich und kommen Sie mit erhobenen Händen heraus..."

Ein tschechischer Beamter, der neben Gruber Platz genommen hatte, wiederholte die Aufforderung in seiner Sprache.

Eine Weile herrschte gespenstische Stille, dann hörte man unterdrücktes Husten, und einer nach dem anderen traten die restlichen vier Bankräuber heraus, blinzelten mit zusammengekniffenen Augen sichtlich geschockt in das blendende Licht, verschränkten die Hände hinter dem Kopf und stellten sich vor der Bank reglos nebeneinander.

Gruber beugte sich wieder vor, seine Stimme wurde scharf.

"Zugriff..."

Wie aus dem Nichts wurden die Einbrecher von schwerbewaffneten SEK-Leuten umstellt, die hinter der Bank gelauert hatten, nach Waffen abgetastet, gefesselt und in zwei Polizeifahrzeuge verfrachtet, die inzwischen den Tatort erreicht hatten.

Das ganze hatte nur etwa fünf Minuten gedauert, und zum Glück war kein Einheimischer so tollkühn gewesen, sich draußen blicken zu lassen, sodaß nur die beiden toten Maschinengewehrschützen als Opfer zu beklagen waren. Gruber und Bubek klopften sich gegenseitig auf die Schultern, während Huizman mit einem tschechischen Kollegen die Identität der vier übriggebliebenen Bandenmitglieder überprüfte.

Die Erleichterung, daß diese Aktion so glatt abgelaufen und ein Erfolg geworden war, war riesig, umso mehr, als eine Meldung der tschechischen Polizei eintraf, daß die unterirdische Anlage unter dem Hangar, das Hauptquartier der Bande, gerade durchsucht wurde und noch ein paar weitere Kriminelle verhaftet worden waren. Lachen und laute Rufe hallten über den Parkplatz der Spedition, während die SEK-Einsatzkräfte ihre Sachen einpackten und sich zur Abfahrt bereitmachten. Irgendjemand mußte der Öffentlichkeit morgen Rede und Antwort stehen, und das konnte unangenehm werden, aber das gehörte zum Glück nicht mehr zum Job von Gruber, da mußte Bubek von der Soko ran.

Als Huizman als einer der letzten endlich soweit war, in sein Auto zu steigen, sah er einen verbeulten Clio auf den Parkplatz einbiegen und neben sich stoppen. Die Scheibe an der Fahrerseite fuhr herunter, und eine junge Frau streckte fröhlich ihren Kopf heraus. Huizman drehte sich zu ihr um und seufzte.

"Melanie Melzer... die schnellste Kriminalkommissarin der Welt..."

Er trat näher und stützte sich mit beiden Händen am Autodach ab.

"Was willst du hier? Ist doch schon längst alles gelaufen..."

Melanie schüttelte lachend den Kopf, ihr blonder Pferdeschwanz peitschte ihre Wangen.

"Irrtum, Ricky, ich bin nicht wegen deiner Dynamitbande hier..."

"Dann vielleicht, weil du's ohne deinen Partner nicht lange aushältst?"

Melanie lächelte aus Vorfreude, mehr zu wissen als Huizman und ihn damit zu überraschen. Sie hatte trotz der frühen Morgenstunde – es war noch nicht einmal hell - ein frisches, offenes Gesicht.

"Es hat wieder einen Mord gegeben... Du weißt schon... einen von dieser fiesen Sorte..."

"Hier, in diesem Kaff?"

Huizmans Miene verdüsterte sich.

"Und warum hat man mich nicht verständigt? Ich war doch direkt vor Ort..."

"Sie wollten auf gar keinen Fall eure Aktion <Feuerball> gefährden... und jetzt bist du ja wieder dabei..."

Das klang plausibel, auch wenn er es immer noch ärgerlich fand.

"Du fährst ja gar keinen Dienstwagen..."

"Das hätte zu lange gedauert..."

"Und die Spurensicherung?"

"Die sind schon unterwegs..."

Zweifelnd tasteten Huizmans Augen ihr Gesicht ab, doch aus ihrem Blick war jeglicher Schalk gewichen.

"Es geht also wieder los... wo ist es?"

Jetzt lächelte Melanie wieder.

"Nicht weit... in einem Supermarkt..."

Melanie schloß das Fenster, Huizman kletterte in sein Auto und klemmte sich hinter den Clio, der schon vorausgefahren war.

5

Der Supermarkt war ein flacher, gesichtsloser, einge-
schossiger Zweckbau aus den 60er-Jahren des vorigen
Jahrhunderts. Den Eingang bewachte ein einsamer Orts-
polizist, der in abgemessenen Schritten steif auf und ab
ging, um nicht zu frieren und trotzdem auf seinem Posten
zu sein. Neben der Glastür, an die Wand gelehnt, rauchte
der Hausmeister mit finsterer Miene eine Zigarette.

Als die beiden Autos von Huizman und Melanie Melzer um die Ecke bogen und mit quietschenden Reifen vor
dem Eingang hielten, tastete der Polizist instinktiv nach
seiner Waffe und nahm Kampfposition ein, entspannte
sich aber gleich wieder, als er den Clio wiedererkannte,
aus dem die junge Kommissarin federnd heraus sprang
und rasch auf ihn zu lief.

"Da bin ich wieder..."

Melanie deutete auf Huizman, der sich bedächtig um-
sah und sich dann neben sie stellte.

"Mein Kollege, Hauptkommissar Rick Huizman..."

Sie sah Huizman an und machte eine Kopfbewegung
in Richtung der beiden Männer.

"...und das sind Holger Brand von der örtlichen Polizei... Tarik Sezer, der Hausmeister..."

Die drei Männer nickten sich schweigend zu, und Melanie wandte sich wieder an Brand.

"Gab es irgendwelche Auffälligkeiten? Verdächtige
Autos? Passanten?"

Der Polizist schüttelte den Kopf.

"Nein, alles war ruhig..."

Melanie ging um ihn herum auf den Hausmeister zu.

"Dann schauen wir uns doch mal den Tatort an..."

Der Hausmeister wollte seine Zigarette auf den Boden werfen, besann sich jedoch im letzten Augenblick und drückte sie auf dem Metallrost über dem Abfallkorb aus. Er kramte in seinen Taschen und sperrte die automatische Schiebetür auf, die sich hinter ihnen wieder schloß. Hintereinander blieben sie in der Vorhalle stehen, in der eine Bäckerei ihren Verkaufsstand hatte. Melanie drehte sich zu Brand um.

"Am besten, Sie gehen voraus..."

Sezer blieb stehen und fixierte sie unschlüssig.

"Und was ist mit mir?"

"Warten Sie bitte hier... und lassen Sie niemanden herein..."

Brand war schon voraus gegangen, er hatte sich gemerkt, wo die Lichtschalter waren. Sie gingen durch die Verkaufsräume bis nach hinten ins Lager, wo die Waren angeliefert wurden. Das Rolltor, das es von der Verkaufsfläche abgrenzte, war hoch gezogen, das zum Hinterhof, dem Entladeplatz, verriegelt.

Irgendwo zwischen Hubstaplern, vollen Paletten, übereinander getürmten Kisten und zerfledderten Kartons lag ein Mann in einer Art Habachtstellung leblos auf dem fleckigen Betonboden. Er war um die vierzig, mittelgroß und dünn, sein Haar lichtete sich bereits, sein Gesicht mit den offenen Augen zeigte einen friedlichen Ausdruck. Er trug Jeans und ein derbes, bis zu den Ellbogen aufgerolltes Flanellhemd und schwarze, billige Sneakers. Auf den ersten Blick waren keine Verletzungen oder Würgemale zu erkennen, kein Blut weit und breit.

Huizman trat einen Schritt vor und begutachtete den Leichnam stumm und eingehend, und ein Gefühl der Unwirklichkeit erfaßte ihn. Dies war bereits die vierte Leiche dieser Art, jedesmal der friedliche Ausdruck, keine Anzeichen von Gewaltanwendung, keinerlei Fremdspuren. Und es sah wieder nach Todesursache Herzstillstand aus. Er wandte sich an den jungen Polizisten.

"Wer ist das?"

"Der Geschäftsführer... Kevin Seibert..."

Huizman bemerkte, daß er einen Ehering trug.

"Wurde seine Ehefrau verständigt?"

"Seine Frau hat ihn verlassen und ist mit den Kindern in eine andere Stadt gezogen..."

"Woher wissen Sie das?"

"Es gab ein paar unschöne häusliche Szenen, die wir schlichten mußten..."

"Auch wenn meine Kollegin Sie bereits gefragt hat – wann und wie hat man ihn gefunden?"

"Gegen halb elf... ein später Passant sah durch dieses Fenster ein flackerndes Licht nach außen dringen..."

"Wie von einer Taschenlampe?"

"Ja, aber es schien sehr bläulich... er ging näher, spähte hinein und sah einen reglosen Mann am Boden liegen..."

"War es dieser Mann?"

"Das konnte er nicht beschwören, doch er sah ein Gestalt weghuschen, die sich zuvor über ihn gebeugt hatte..."

"Ein Mann? Eine Frau? Alt? Jung?"

Der junge Polizist hob hilflos die Schultern.

"Dazu war es zu dunkel... aber unheimlich an seiner Aussage war, daß das bläuliche Licht direkt vom Körper des Mannes auszugehen schien, der am Boden lag, und dann langsam erlosch... das Deckenlicht war nicht eingeschaltet..."

"Was spricht gegen eine Taschenlampe? Der Täter knipste sie aus und machte sich davon... LED-Licht kann sehr bläulich sein..."

Holger Brand wand sich, es widerstrebte ihm, Huizman zu widersprechen.

"Der Zeuge bestand darauf, daß der Tote immer noch leuchtete, nachdem die Gestalt verschwunden war..."

Huizman atmete tief durch, aus unerfindlichen Gründen überlief ihn auf einmal ein leichtes Frösteln.

"Wie lange dauerte es, bis Sie vor Ort waren?"

Holger Brand sah verlegen zu Boden.

"Na ja, eine Viertelstunde brauchten wir schon..."

"Und wie fanden Sie die Leiche vor?"

"So, wie jetzt, aber ohne den bläulichen Schimmer, von dem der Zeuge sprach...

"Was tat dieser Zeuge, bis Sie eintrafen?"

"Der hat sich versteckt, er war völlig durcheinander... wir wissen also nicht, wann und wie der Täter entkommen ist..."

Es entstand eine Pause, und als Huizman in stummes Nachdenken verfiel, schaltete Melanie sich ein.

"Laut Hausmeister waren Eingang und Hintertür verschlossen... entweder hat Seibert den Täter eingelassen, oder er hatte einen Schlüssel..."

Brand trat vor und wies auf eine Metalltür neben dem Rolltor, die zum Hinterhof führte.

"Der Griff außen ist nur zum Aufziehen der Tür da, innen ist eine Klinke. Man kommt ohne Schlüssel raus, aber nur mit Schlüssel rein..."

Huizman und Melanie sahen sich an, dann wandte sich Huizman wieder an Brand.

"Sorgen Sie dafür, daß niemand das Lager betritt, bis die Spuren gesichert sind... unsere Leute werden gleich hier sein, den Leichnam nehmen sie mit..."

Huizman wandte sich zum Gehen, und Melanie faßte ihn am Arm.

"Warte Rick... ich bleibe hier bei unserem Kollegen... du warst die ganze Nacht auf den Beinen... warum ruhst du dich nicht ein bißchen aus?"

Überrascht hielt Huizman inne und drehte sich zu Melanie um. Holger Brand erwartete eine scharfe Antwort des Hauptkommissars auf den Vorschlag seiner Partnerin. Sein Vorgesetzter hätte ihn mächtig heruntergeputzt, hätte er es gewagt, ihm einen Rat zu geben, der ihn als Weichei erscheinen ließ, doch der große, stämmige Mann klopfte ihr nur freundlich auf die Schulter.

"Gute Idee... bis zur Ladenöffnung ist die Spurensicherung sicher fertig, zur Befragung der Belegschaft bin ich wieder zurück..."

Auf der Schotterstraße außerhalb der Ortschaft, wo Huizman bei der Herfahrt angehalten hatte, um sich zu erleichtern, fuhr er weiter auf den Wald zu und erreichte, ohne es zu wissen, nach etwa hundert Metern die Lichtung, auf der die Bankräuber vor dem Überfall gerastet hatten. Ganz am Rande parkte er unter einen Baum, um sich vor den Sonnenstrahlen zu schützen, die sich im Osten bereits über den Horizont tasteten. Er verriegelte das Auto von innen, setze sich auf den Beifahrersitz, kurbelte die Rücklehne hinunter, deckte sich mit seiner Jacke zu und war sofort eingeschlummert. Doch statt wie sonst üblich in solchen Situationen in einen erholsamen, traumlosen Dämmerschlaf zu versinken, tauchten milchig verschwommene Schatten vor seinem inneren Auge auf, die aus seinem Alptraum stammten und sich allmählich in die vier bisher aufgefundenen Leichen verwandelten, die wie in Zeitlupe um sich selbst kreisend und in bläuliches Licht getaucht in einer Endlosschleife an ihm vorbeizogen. Das Beklemmende dabei waren ihre offenen Augen, die nicht die Augen von Toten waren, sondern ihn mit brennenden Augen anklagend fixierten. Als die Gesichter immer näher vor ihm vorbeischwammen, bis sie sein Gesichtsfeld vollkommen verdunkelten, wachte er auf. Er war nicht eigentlich geschockt von diesen Bildern, er fragte sich nur zum wiederholten Mal vergeblich, was sie bedeuteten.

6

Als Huizman sein Dienstfahrzeug auf dem Parkplatz des Supermarkts abstellte, warteten bereits viele Kunden vor dem Eingang, mehrheitlich im Rentenalter, die aufgeregt über die nächtlichen Ereignisse um den Banküberfall diskutierten, die sich in den abenteuerlichsten Versionen wie ein Lauffeuer verbreitet hatten, von dem Mord in dem Laden, wo sie gerade einkaufen wollten, hatten sie offenbar noch keine Ahnung.

Huizman ging an ihnen vorbei nach hinten und bog ab zum Hinterhof. Das Rolltor stand offen, einige Laster wurden bereits entladen, zwei Azubis, ein Junge und ein Mädchen, packten mit an. Als er ins Lager trat, kam ihm Melanie entgegen, sie sah jetzt auch schon etwas angegriffen aus.

"Die Spurensicherung war bis eben da, und unser Kollege mußte weg... du kommst genau richtig..."

Huizman legte Melanie eine Hand auf den Rücken.

"Du siehst müde aus... schaffst du es noch mit den Befragungen?"

Melanie straffte sich und bemühte sich um ein strahlendes Lächeln.

"Ich brauche kein Nickerchen wie du, alter Mann..."

Huizman knuffte sie spielerisch in die Seite.

"Dann mal los... mit wem fangen wir an?"

"Den beiden Azubis habe ich bereits auf den Zahn gefühlt... die Alibis muß man noch überprüfen, aber für mich scheiden sie als Verdächtige aus..."

"Was haben sie über ihren Chef gesagt?"

"Na ja, daß er launisch war und sehr oft ungerecht..."

Huizman sah auf dem Hinterhof die beiden Azubis eifrig und geschickt mit den angelieferten Waren hantieren. Sie sahen nicht so aus, als hätten sie etwas zu verbergen.

Melanie folgte seinem Blick.

"Du kannst sie dir ruhig nochmal vornehmen..."

Huizman schüttelte den Kopf.

"Vielleicht später... wenn es um Details geht..."

"Dann fragen wir doch mal die beiden festangestellten Damen... Seiberts Vertreterin muß noch die Lieferanten abfertigen..."

Melanie führte Huizman in eine Ecke des Ladens, wo drei Klappstühle aufgestellt waren. Gabriele Simon, dürr und grauhaarig, die als erste drankam, war die ältere der beiden Mitarbeiterinnen und gehörte zu den Menschen, die sich lieber fügen, als sich auf die Hinterbeine zu stellen. Mit stoischem Gesichtsausdruck nahm sie ihnen gegenüber Platz und gab nur zögernd Auskunft. Auch wenn offenkundig wurde, daß ihr Chef unbeherrscht und aufbrausend gewesen war, hielt sie sich mit deutlichen Worten sehr zurück. Huizman und Melanie kamen rasch zur gleichen Einschätzung, daß sie harmlos war, fragten sie noch nach ihrem Alibi, dann bedankten sie sich bei ihr und entließen sie zurück zu ihrer Arbeit.

Ihre Kollegin, Anita Kambach, war ein ganz anderes Kaliber, jung, kräftig, die Haare mit Henna gefärbt, und sie nahm kein Blatt vor den Mund.

"Seibert? Kein Wunder, daß es ihn erwischt hat... so ein mieses Schwein... als seine Frau zum zweiten Mal schwanger war, hat er's bei mir versucht... aber den habe ich voll abfahren lassen, das können Sie mir glauben..."

Huizman versuchte ein Schmunzeln zu unterdrücken.

"Dann haben Sie doch ein prima Motiv..."

Anita Kambach wurde sich erst jetzt schreckhaft bewußt, was sie mit ihrem Wortschwall angerichtet hatte.

"Echt jetzt? Glauben Sie, ich bin so blöd? Da braucht es schon mehr, bis ich meine Beherrschung verliere..."

Melanie beugte sich zu Anita vor.

"Beruhigen Sie sich... wir wollen Sie doch nur als Zeugin befragen..."

Anita Kambach sah argwöhnisch von einem zum anderen und schnaubte durch die Nase.

"So kommt es mir aber nicht vor..."

Huizman versuchte seinen Impuls zu unterdrücken, die junge Frau weiter zu provozieren.

"Hören Sie, machen wir es doch so... Sie sagen uns, wo Sie ab Ladenschluß gestern abend bis heute früh gewesen sind, und unsere nette Unterhaltung ist beendet..."

Anita Kambach verschränkte ihre Hände unter ihrem Busen und sah zu Boden.

"Zuerst war ich bei einer Freundin..."

"Hat die Freundin einen Namen?"

Die junge Frau sah kurz auf, dann wieder zu Boden. Melanie legte behutsam eine Hand auf ihren Arm.

"Hat Ihre Freundin vielleicht einen Männernamen?"

Anita Kambach fuhr auf.

"Und wenn schon! Was geht Sie das an? Mit meinem Mann kriselt es gerade... ab zehn Uhr war ich wieder zu Hause... bei ihm und den Kindern..."

"Bis heute früh?"

"Bis heute früh!"

"Frau Kambach, Sie können gehen... wir werden ihre Angaben natürlich überprüfen, mit der höchstmöglichen Diskretion..."

"Soll das heißen, mein Mann erfährt nicht, wo ich bis zehn Uhr war?"

"Sofern Sie die Wahrheit gesagt haben... nein..."

Die junge Frau stand auf und ging langsam rückwärts, als ob sie noch einen letzten Schlag erwartete, dann drehte sie sich rasch um und war zwischen den Regalen verschwunden. Huizman sah Melanie kopfschüttelnd an.

"Puh! Was man auch sagt, man sticht immer in ein Wespennest..."

Er erhob sich und rückte seine Lederjacke zurecht.

"Dann wollen wir doch mal sehen, was Seiberts Stellvertreterin zu sagen hat... wie heißt sie doch gleich?"

"Lena König..."

7

Vor ihr in der Scheibe des rundum verglasten kleinen Kabuffs spiegelten sich die Umrisse der beiden Kriminalbeamten, die langsam näher kamen, und als sie hinter ihr in der Tür stehenblieben, drehte sich Lena König in ihrem Bürostuhl zu ihnen um. Sie war etwa in Melanies Alter, schlank, feminin, mit dunklem, mittellangem, welligem Haar, rauchgrauen Augen und einem ebenmäßigen Gesicht, das eine ungewöhnliche Ruhe ausstrahlte. Sie sah so makellos aus, als sei sie die Besetzung für einen Film und nicht eine echte stellvertretende Filialleiterin in einem Supermarkt in der Provinz.

"Vielen Dank, daß Sie so rücksichtsvoll waren, mich meine Arbeit machen zu lassen... die Spediteure hätten sonst verrückt gespielt..."

Sie deutete auf zwei abgewetzte Hocker vor ihrem Schreibtisch.

"Bitte nehmen Sie doch Platz..."

Melanie zog den Hocker näher heran und setzte sich, während Huizman an einen Aktenschrank gelehnt stehenblieb. Die forschenden Blicke, mit denen Lena König ihn taxierte, verursachten bei ihm ein leises Kribbeln, ihm war, als ob sie seine Gedanken lesen konnte, das kannte er sonst nur von Natalie. Er stieß sich vom Schrank ab und ließ sich auf dem Hocker neben Melanie nieder.

"Wir halten Sie auch nicht lange auf... am besten, Sie erzählen uns, wo Sie seit gestern nach Ladenschluß bis heute früh gewesen sind..."

Lena König stützte sich mit ihren Ellbogen auf den Schreibtisch ab und faltete die Hände.

"Ich tat, was ich eigentlich jeden Abend tue... ich blieb noch etwa eine Stunde im Büro..."

Melanie unterbrach sie.

"Waren Sie allein?"

"Herr Seibert war auch da, ich war ihm behilflich..."

"Gehörte das zu Ihren Pflichten?"

Lena König lächelte spöttisch.

"Sagen wir so... Herr Seibert fühlte sich sicherer, wenn er mit mir zusammen die Bestellungen erledigte..."

Wieder dieser leicht ironische, taxierende Blick, und Huizman spürte, wie ihn seine gewohnte Gelassenheit verließ.

"Sie hielten ihn also nicht für sonderlich kompetent..."

"Das könnte man so sagen, ja..."

Mit Verwunderung beobachtete Melanie, wie die beiden den Blick hielten, und hakte nach.

"Und wann haben Sie den Supermarkt verlassen?"

"So gegen neun, ich ging zu Fuß nach Hause, Herr Seibert ist noch im Büro geblieben..."

"Und Sie haben Ihre Wohnung nicht mehr verlassen?"

"So ist es..."

"Kann das jemand bezeugen?"

"Ich fürchte nein..."

"Auch nicht Ihr Freund oder eine Freundin?"

"Nein, tut mir leid..."

"Wie sollen wir das verstehen?"

"Ganz einfach... ich wohne allein..."

Huizman sah die junge Frau überrascht an, die scheinbar arglos zurücklächelte. Melanie ahnte die Frage, die ihm auf der Zunge lag, doch er stellte sie nicht, er wirkte ratlos, deshalb machte sie weiter.

"Und Sie haben auch nicht telefoniert?"

"Nein..."

"Sie sind sehr offen zu uns, aber Sie wissen schon, damit gehören Sie jetzt zu den Tatverdächtigen..."

Lena König lehnte sich lächelnd zurück.

"Und das nur, weil ich kein Alibi habe?"

"Sie haben ein Motiv..."

"Und das wäre?"

"Möglicherweise war Herr Seibert Ihnen im Weg – und Sie haben zu allen Türen Schlüssel..."

"Blödsinn... er stand kurz vor der Entlassung..."

"... oder eine Tat im Affekt... Er soll ziemlich gemein und übergriffig gewesen sein..."

"Ich weiß nicht einmal, wie er zu Tode kam..."

Aufreizend sah sie von einem zum anderen.

"Erschossen wurde er nicht, auch nicht erstochen, sonst wäre überall Blut gewesen..."

Wieder ließ sie ihren Blick auf Huizman ruhen.

"Vielleicht habe ich ihn ja erdrosselt..."

Lena König drehte ihnen ihre Handflächen zu und schwenkte sie hin und her. Melanie sah mit Erstaunen, wie Huizman hilflos die junge Frau anstarrte und sie dann unwirsch anfuhr.

"Frau König, wir sind ganz am Anfang unserer Ermittlungen, und Sie können sicher sein, daß wir jede Spur verfolgen... doch einstweilen müssen wir Sie bitten, die Stadt nicht zu verlassen..."

Abrupt stand er auf, und Melanie sah sich genötigt, es ihm gleichzutun. Grußlos ging er zur Tür, Melanie kramte in ihrer Tasche und legte ihre Visitenkarte auf den Schreibtisch.

"Falls Ihnen etwas einfällt, das uns helfen könnte... oder Sie entlastet..."

Sie nickte der Frau zu, die sie ruhig und abwartend musterte, und folgte ihrem Kollegen hinaus.

Die Kunden hatten mittlerweile vom Laden Besitz ergriffen, schlurften wie üblich durch die Gänge und beäugten stumm abwägend die Waren, bevor sie sie in den Einkaufswagen legten. Aus dem Lager wurden Paletten heran gekarrt und die neuen Lieferungen hastig in die Regale sortiert, ganz so, als ob es nie einen Mord gegeben hätte.

Melanie und Huizman nickten Anita Kambach zu, die an der Kasse saß und sie geflissentlich ignorierte, schoben sich an den wartenden Kunden vorbei und waren endlich im Freien. Melanie wandte sich sofort an Huizman.

"Sag mal, hat dich diese Frau verhext, oder was war da drinnen los?"

Huizman stieß einen zischenden Laut aus und faßte sich an den Kopf.

"Verflucht! Mein Schädel fühlt sich an wie vereist, als hätte man ihn in eine Gefriertruhe gesteckt..."

Melanie erschreckte sein gequälter Gesichtsausdruck.

"So kenne ich dich gar nicht...brauchst du einen Arzt?"

Huizman schüttelte den Kopf und rieb sich mit beiden Handballen die Schläfen.

"Nein, es wird langsam besser..."

"Wir müssen noch unseren Kollegen briefen, damit er die Alibis überprüfen kann... schaffst du das?"

"Ja, und dann ab nach Hause..."

Melanie sah Huizman sorgenvoll an und zog ihn am Arm zu seinem Dienstfahrzeug.

"Alles in Ordnung? Ich habe Chris von der Spurensicherung gebeten, mein Auto zu nehmen, ich fahre bei dir mit..."

"Glänzende Idee! Aber setz' du dich ans Steuer..."

Erschöpft ließ sich Huizman in den Beifahrersitz fallen, und Melanie lenkte das Auto auf die Hauptstraße hinaus.

8

Auf der Autobahn hatte bereits der Berufsverkehr eingesetzt, dennoch kamen sie gut voran. Melanie fuhr flüssig und überholte nur, wenn ein penetranter Schleicher sie dazu zwang. Huizman hatte sich in seinem Sitz wieder etwas aufgerichtet, sein Kopf ruhte hinten an der Stütze, seine Augen waren geschlossen. Besorgt warf Melanie immer wieder einen Blick auf ihn.

"Wie geht es deinem Kopf? Brauchst du irgendwas?"

Huizman lächelte ihr beruhigend zu.

"Keine Bange, bin schon wieder der alte..."

Er lachte kurz auf.

"...was es auch nicht besser macht..."

Huizmann schob sich höher im Sitz und sah nachdenklich aus dem Fenster.

"Mich beängstigt, daß wir vollkommen ahnungslos sind... drei Leichen mit Herzstillstand - auch bei Seibert sieht es danach aus - und keine einzige Spur..."

"Seit heute wissen wir, daß es einen Täter gibt..."

"...oder eine Täterin... aber stimmt das auch? Wir wissen ja nicht einmal, was dieses Herzversagen verursachte und folglich auch nicht, ob es ein Verbrechen war..."

"Aber selbst umgebracht haben sie sich auch nicht..."

Beide starrten eine Weile stumm geradeaus, dann ergriff wieder Melanie das Wort.

"Glaubst du, wir haben es mit einem Serienmörder zu tun?"

Huizman schüttelte heftig den Kopf, als habe sich etwas in seinen Haaren verfangen.

"Davon gehe ich aus, auch wenn sich außer den Tatumständen kein Muster ergibt..."

Huizman schüttelte noch einmal den Kopf.

"...und wir zwischen den Opfern noch keine Zusammenhänge erkennen..."

Melanie sah Huizman lange an.

"Ein Psychopath, der einfach nur Lust am Töten hat und völlig beliebig seine Opfer aussucht?"

Huizman warf den Kopf zurück und lachte still in sich hinein.

"Oh ja, ein zweiter *Zodiac,* nur daß unser Killer keine Botschaften verschickt..."

Melanie überholte einen vollbeladenen Autotransporter, dessen hinterstes Fahrzeug bedenklich in den Halteseilen schlingerte.

"Haben wir etwas übersehen? Irgendwelche Übereinstimmungen zwischen den Opfern?"

"Was verbindet die Direktorin eines Gymnasiums, den Trainer einer Fußball-Jugendmannschaft, eine Fernsehmoderatorin und den Geschäftsführer eines Supermarkts? Wenn wir das herausfinden, haben wir den Fall gelöst..."

Melanie bedachte Huizman mit einem forschenden Blick, setzte zum Sprechen an und biß sich dann auf die Lippen. Huizman stupste sie gereizt an.

"Was ist? Hast du plötzlich Geheimnisse vor mir?"

"Ach, nichts..."

"Los, spuck's aus, ich will's wissen..."

Melanie sah Huizman zweifelnd an. Da er große Stücke auf ihre Intuition hielt, auf ihre Kombinationsgabe und ihre Befähigung, die Dinge auf den Punkt zu bringen, wollte sie ihn nicht enttäuschen und scheute davor zurück, das auszusprechen, was ihr eben durch den Kopf geschossen war. Sie hatte sich daran gewöhnt, daß er derjenige war, der die entscheidenden Beobachtungen machte.

"Was, wenn es doch lauter Einzeltäter sind?"

Huizman starrte Melanie stirnrunzelnd an, die hastig weiterfuhr.

"Wir haben keine Verknüpfungen gefunden, weil es vielleicht gar keine gibt... nur eine Gemeinsamkeit ist mir aufgefallen... alle vier Opfer waren extrem verhaßt..."

"Und das bedeutet?"

"In keinem der vier Fälle handelt es sich offensichtlich um eine Beziehungstat, also kommen viele Menschen aus dem Umfeld in Betracht, die an den Opfern Rache nehmen oder sie wegen erlittener Demütigungen umbringen wollten, und da der erste Mord in den Medien exzessiv ausgeschlachtet wurde, kam der zweite Täter, um uns in die Irre zu führen, möglicherweise auf die Idee, es wie das Verbrechen eines Serienmörders aussehen zu lassen, der aus Gerechtigkeitsempfinden tötet, und die nächsten beiden haben ihn imitiert..."

Huizman lächelte amüsiert, und Melanie ärgerte sich augenblicklich, so vorlaut gewesen zu sein.

"Was ist daran so lustig?"

"Gar nichts... das habe ich mir auch schon überlegt, aber das macht es nicht leichter..."

Melanie hatte einen Tieflader mit schweren Baufahrzeugen vor sich und trat auf die Bremse.

"Was soll das heißen? Suchen wir jetzt nach der einfachsten Lösung?"

Huizman rieb sich wieder die Schläfen.

"Das soll heißen, daß wir nach allen Seiten hin offen sein und die richtigen Fragen stellen müssen, bevor wir anfangen zu spekulieren..."

Melanie sah in den Rückspiegel, scherte aus und überholte den Schwertransporter.

"Zum Beispiel, warum es keine Kampfspuren gibt?"

Huizman nickte bedächtig.

"Genau das meine ich..."

"Todesursache Herzstillstand...."

"Ja... wie und womit hat der Täter das bewirkt?"

Melanie glitt auf die rechte Fahrspur zurück. Sie warf einen raschen Blick auf Huizman, wollte etwas sagen und zögerte erneut. Huizman schnaubte durch die Nase.

"Jetzt sag schon, was du denkst..."

Melanie gab sich einen Ruck.

"Ich mußte gerade an den Rentner denken, der die Polizei gerufen hat..."

"Und? Weiter?"

"Dieses bläuliche Licht, das er gesehen haben will..."

"Du meinst die selbstleuchtende Leiche..."

Huizman wurde ganz still und seufzte.

"Es ist immer leicht, solche Zeugenaussagen als Hirngespinste abzutun, aber mich hat das auch schockiert..."

"Dann können wir nur hoffen, daß uns der Pathologe weiterhilft..."

Melanie fuhr etwas zu dicht auf einen Dieselstinker auf und regelte die Außenluft ab, bevor sie den Uraltlaster überholte. Der Fahrer zeigte ihr den Finger, und vor Verblüffung blieb sie auf der Überholspur. Huizman rückte sich in seinem Sitz zurecht und warf Melanie einen prüfenden Blick zu.

"Hör zu, Melanie, ich möchte dir etwas anvertrauen, von dem nicht einmal Natalie etwas weiß..."

Melanie sah Huizman überrascht an. Sie sprachen immer offen miteinander, doch die Vorstellung, daß ihr Partner ein Problem haben könnte, ängstigte sie. Übergangslos, mit gepreßter Stimme, drängte es aus ihm heraus.

"Von klein auf sucht mich ein Alptraum heim, der immer wiederkehrt... ich bin eingesperrt in einen Behälter, der gefüllt ist mit einer trüben Flüssigkeit, und so sehr ich mich auch bemühe, schaffe ich es nicht, mich vom Boden zu lösen und den Deckel zu öffnen..."

Huizman hielt kurz inne, er schien weit weg zu sein.

"Ein dünnes Seil hängt vor meinem Gesicht, doch es ist glitschig, und es gelingt mir nie, mich daran hoch zu ziehen und an die Decke zu gelangen..."

"Das ist ja grauenhaft..."

"...dann wache ich auf, mein Herz klopft wie wild, doch merkwürdigerweise empfinde ich nie Panik, sondern nur Wut, daß ich mich nicht befreien kann..."

Von hinten machte sich ein Audi A8 mittels Lichthupe

bemerkbar, Melanie scherte wieder ein und wartete auf die Fortsetzung.

"Diesen Alptraum hatte ich heute früh wieder, als ich mich ausruhte vor der Befragung im Supermarkt..."

"...und dann kam diese Lena König und hat dir den Kopf verdreht..."

Huizman lächelte, er schien sich wieder gefangen zu haben.

"Ja, aber nicht so, wie du glaubst... es war, als sei sie in mein Hirn eingedrungen und hätte meinen kriminalistischen Riecher betäubt... ich kann immer noch nicht richtig denken..."

"Du wolltest sie fragen, ob sie einen Freund hat, hast es dann aber gelassen..."

Huizman sah Melanie eindringlich an.

"Siehst du? Genau das meine ich... sie könnte die Täterin sein, und mein Hirn war wie vernebelt..."

"Ich habe gemerkt, daß da etwas Merkwürdiges läuft... aber was hat das mit deinem Alptraum zu tun?"

"Diese Lähmung, dieses Ausgeliefertsein... und dann tauchten auch noch die Gesichter der vier Ermordeten darin auf..."

"Willst du damit sagen, es hat etwas mit unserem Fall zu tun?"

Huizman zucke mit den Schultern und sah stumm geradeaus. Melanie sah ihn lange an, sie war erleichtert, daß es nichts Schlimmeres war, und tätschelte ihm aufmunternd den Arm.

"Ach, Rick... du warst einfach nur übermüdet..."

9

Die knallbunten Batterieautos in Pink, Zitronengelb und Himmelblau rasten enge Serpentinen steilaufragender Berge unter düster dräuenden Wolken hinauf, die sich in einem gewaltigen Gewitter entluden, durchquerten endlose, sonnendurchglühte Savannen, in denen sie sich mit Geparden ein lässiges Wettrennen lieferten, von Löwen bewundert, die träge unter schattigen Bäumen ruhten, schlängelten sich, umflattert von fröhlichen Vögeln, mühelos durch kühle Wälder mit weitausladenden Bäumen und Büschen, die sich hinter ihnen verbeugten und ihnen Kußhändchen hinterher warfen, weil sie keine Schadstoffe ausstießen und kaum Energie verbrauchten, wie die eingeblendeten Anzeigen aus dem Fahrercockpit suggerierten. Schließlich kamen die Autos in echt vor den gepflegten Vorstadthäusern ihrer Besitzer zum Stehen, drei vollkommen entspannte Familien stiegen aus, reckten freudig ihre Arme zum sonnigen Himmel empor und blieben für einen Schnappschuß vor ihren tollen, neuen Fahrzeugen stehen. Über dem Standbild wurden in ebenso knallbunten Farben, mit aufsteigenden Luftbläschen unterlegt, die Modellnamen und die Marke der Autos eingeblendet, dann folgte ein Spruch, der klarmachte, daß ein Leben ohne eines dieser Autos nicht lebenswert sei. Zu Technik und Kosten fehlten jegliche Angaben.

Natalie Slimani warf einen Blick nach links, wo Milva saß, die androgyne Assistentin des Chefdesigners, die in Netzstrümpfen, Schnürstiefeln, Ledermini und Netzbluse, alles in Schwarz, mit gekrümmtem Rücken halb in ihrem Sessel lag. Rechts neben Natalie saß Bogdan, der Meister selbst, heute im Hawaiihemd über einer schwarzen, dünnen Kunstlederhose, die bloßen Füße in tomatenroten

Basketballstiefeln mit hohem Schaft. Neben ihm, wie erstarrt nach vorne gebeugt, Henry, der zweite Assistent, der seit Tagen in weißen Schnabelschuhen und einem um zwei Nummern zu kleinen schwarzen Anzug herumlief, dessen Ärmel und Hosenbeine nur bis zu den Knöcheln reichten und dessen Antlitz mit seinem T-Shirt darum wetteiferte, wer dem Farbton von Kalk am nächsten kam.

Das Licht ging an in dem kleinen Vorführraum, der nur durch einen dicken Vorhang vom Konferenzraum abgetrennt war, und Bogdan wandte Natalie beifallheischend sein rundes, feucht glänzendes Gesicht zu. Seine Stoppelhaare, von Natur aus dunkelblond, waren weiß gebleicht, und seine dicken, roten Lippen gaben in einem selbstgefälligen Lächeln unnatürlich weiße Zähne preis. Natalie schnellte aus ihrem Sessel hoch und stellte sich mit verschränkten Armen vor ihre Mitarbeiter. Im Gegensatz zu ihnen war sie konventionell gekleidet, in ein taubengraues Kostüm, das ihr ausgezeichnet stand, dazu türkisfarbene, hochhackige Pumps.

"Dieser Clip erinnert mich an die Zeit, als ich vier Jahre alt war... ich spielte mit meinen Geschwistern, wir bauten ein Haus mit vielen bunten Klötzchen... uns war egal, woher sie kamen, wieviel sie kosteten, wir waren vollkommen vertieft in unser Spiel..."

Henry, Bogdan und Milva begannen sich zu rühren und sahen sich unbehaglich an, Henrys wachsbleiche Züge belebten sich. Die Haarsträhne, die über sein linkes Auge fiel, sollte ihn wohl davor bewahren, die Welt in ihrer vollen Härte wahrzunehmen.

"Versteh' ich nicht..."

Milva ahnte wohl aus Erfahrung, daß eine solche Eröffnung nichts Gutes bedeutete.

"Warum sagst du nicht einfach, was Sache ist?"

Obwohl noch gar kein Streit ausgebrochen war, fühlte sich Bogdan zum Vermittler aufgerufen.

"Leute, entspannt euch... ist doch toll, daß unser Video Natalie an ihre Kindheit erinnert..."

Natalie drehte einen der Sessel zu ihren Mitarbeitern herum und ließ sich demonstrativ hinein plumpsen.

"Genau das ist doch das Problem! Der Film ist für Kinder! Technik? Kosten? Wen interessiert das schon!"

Jetzt war es an Bogdan aufzubrausen.

"Die Menschen wollen begeistert werden, sie wollen träumen! Hast du die Umfragen vergessen?"

Natalie starrte auf Bogdans weiße Stoppelhaare, die aussahen wie eine Perücke. Widerwillen regte sich in ihr.

"Nein, aber ihr scheint vergessen zu haben, was unsere Auftraggeber wollen..."

Die dunkelroten Lippen zogen sich aggressiv auseinander.

"Und das wäre?"

"Jeder wirbt damit, wie weit man mit einer Ladung kommt... doch diese Modelle zeichnen sich dadurch aus, daß die Batterien im Schnellgang wieder voll sind... *diese* Botschaft soll verbreitete werden mit ihrem Geld..."

Henry, Milva und Bogdan sackten fast gleichzeitig in sich zusammen, dann stampfte Milva mit ihrem Schnürstiefel auf.

"Erst bleust du uns ein, mit den Augen zu denken, dann sollen wir wieder alles mit Text zumüllen..."

"Das habe ich nicht gesagt..."

"Wie sonst sollen wir den Scheiß in dem Clip unterbringen?"

Natalie stand auf, strich ihr Kostüm glatt und ging zur Tür.

"Wofür bezahle ich euch? Laßt doch eure Löwen und bunten Vögel sprechen..."

Kaum fiel die Tür zum Konferenzraum hinter Natalie ins Schloß, machte das Kreativtrio abfällige, obszöne Gesten in ihre Richtung und zischte wüste Verwünschungen hinter ihr her.

10

Holger Brand von der örtlichen Polizei fühlte sich irgendwie aufgewertet, seit er mit den beiden Kriminalbeamten aus der Hauptstadt an dem Mordfall Kevin Seibert mitarbeiten durfte. Allerdings erinnerte er sich mit großem Unbehagen an den Augenblick, als er zum ersten Mal vor der Leiche im Lager des Supermarkts gestanden hatte. Sosehr er das Rätselraten liebte und lebhaft an seinen Mitmenschen interessiert war, sosehr graute ihn vor schweren Verletzungen, vor Blut und übelriechenden Körperflüssigkeiten. Umso eifriger war er jetzt bemüht, seinen Auftrag zu erfüllen, die Leute zu befragen, die noch auf der Liste standen, und insgeheim hoffte er darauf, daß er derjenige sein werde, der die entscheidenden Beweise lieferte oder zumindest daran beteiligt war.

Aus einem unbezähmbaren Affekt heraus hatte er auf dem Revier den Vorschlag gemacht, ob es nicht vielleicht erfolgversprechender sei, wenn er in Zivil die Befragungen durchführte. Er sah sich schon, wie er, eingehüllt in einen Trenchcoat, die Verdächtigen einschüchterte, doch sein Vorgesetzter hatte ihm wortlos einen Blick zugeworfen, der ihn wieder auf den Boden der Tatsachen zurückholte. Diese kleine Kränkung überwand er rasch, umso mehr, als er sie durch seine eigene Unbedachtheit provoziert hatte. Was ihm mehr Kopfzerbrechen verursachte, war die Überlegung, wie er sich fortbewegen sollte. Normalerweise war er mit Kollegen in einem Polizeiauto unterwegs, doch für ihn allein kam das nicht infrage. So schwankte er zwischen einem Dienstfahrrad und seiner privaten Vespa, und als ihm sein alter Briefträger einfiel, der noch in einer Art Uniform auf dem Fahrrad die Post austrug und mit den Leuten auf beschämende Weise scherzte, entschied er sich für seinen Motorroller, von dem er glaubte, daß er ihm wenigstens eine Spur Respekt verschaffen würde.

Das unmittelbare Umfeld von Seibert hatte Brand an diesem Vormittag weitgehend abgeklappert, doch außer einem losen Stammtisch, den er nur unregelmäßig aufgesucht hatte, ergaben sich kaum Kontakte, die Arbeit hatte ihm keine Zeit dazu gelassen. Und die Kumpane, mit denen er gelegentlich ein Bier trank, waren harmlos, Streit gab es höchstens, wenn Seibert aus seiner Frustration heraus oder einfach, um zu provozieren, fremdenfeindliche Parolen von sich gab, doch das ließen sich die Stammgäste mit Migrationshintergrund, die den Geschäftsführer des Supermarkts ohnehin nicht für voll nahmen, nicht gefallen, und so hatte sich nie eine unausgesprochene Wut gegen ihn aufgestaut, die nach Entladung drängte.

Auch den Rentner, dem die Polizei die Entdeckung des Verbrechens verdankte, hatte er bereits aufgesucht. Er wohnte allein und war schon etwas wacklig auf den Beinen, aber im Kopf noch voll da. Erstaunlicherweise blieb er fast wortwörtlich bei seiner Aussage von gestern nacht, obwohl er zu dem Zeitpunkt sehr aufgeregt gewesen war. Doch auch wenn ihm bewußt war, daß ihm keinerlei Gefahr mehr drohte, benahm er sich, als sei die Gestalt, die er von der Leiche hatte weghuschen sehen, jetzt hinter ihm her. Es war der unheimliche bläuliche Schimmer, den er immer wieder erwähnte, weil er nach seiner Beobachtung unerklärlicherweise von der Leiche ausging und keiner natürlichen Lichtquelle entsprang. Holger Brand versprach ihm, mit der ambulanten Betreuung zu sprechen, damit er vorübergehend ein Beruhigungsmittel bekam.

Es war bald Mittag, und die angenehmste Aufgabe hatte er sich bis zuletzt aufgehoben. Rick Huizman und

Melanie Melzer hatten ihm zwar keine sonderlich präzisen Anweisungen erteilt, doch während des Gesprächs war er zur Überzeugung gelangt, daß Lena König, die jetzt übergangsmäßig den Supermarkt leitete, bei den beiden besonders in den Fokus geraten war, sei es, weil es Konflikte gegeben hatte mit Seibert, oder weil sie so nah an ihm dran gewesen war wie sonst niemand. Der eigentliche Grund, weshalb er die Befragung nach hinten geschoben hatte, war natürlich die junge Frau selbst. Er hatte schon öfter im Supermarkt eingekauft, und aus der Ferne war sie ihm immer wieder aufgefallen. Noch nie hatte er außer in Filmen eine so schöne Frau gesehen, noch dazu in einer so verwirrend unangemessenen Umgebung. Irgendwie hatte er sich in sie verliebt, zum ersten Mal so richtig, doch sie schwebte so weit über ihm, daß er niemals gewagt hätte, sich ihr zu nähern, obwohl sie beinahe gleichaltrig waren. Er wohnte noch im Haus seiner Eltern, immerhin mit einem eigenen Bad, doch seine Schüchternheit hatte ihn bisher daran gehindert, Frauen anzusprechen, was manche von ihnen bedauerten. Und jetzt speiste sich sein ganzer Mut aus der Tatsache, daß er eine Uniform trug und von Amts wegen befugt, Fragen zu stellen.

Er bog zum Parkplatz des Supermarkts ein und wollte schon seine Vespa abstellen, als er im Eingang des Ladens Lena König auftauchen sah, die in Begleitung eines jungen Mannes war, der jetzt stehen blieb, seine Arme um die junge Frau legte und ihr einen langen Kuß auf den Mund drückte, den sie hingebungsvoll erwiderte. Er war groß und sportlich und hatte eine unbeschwerte Art. Sie lösten sich voneinander, tauschten lachend noch ein paar Bemerkungen aus, dann sprang der junge Mann zu seinem Fahrrad, schwang sich in den Sattel und fuhr los. Lena König schaute ihm noch eine Weile nach, dann verschwand sie eilig im Eingang.

Holger Brand war wie vor den Kopf geschlagen. Die ganze Zeit hatte er sich vorgestellt, wie er der jungen Frau ganz nah gegenüber sitzen und ihr mit Fangfragen Geheimnisse entlocken würde, die sie niemals preisgeben wollte. Das Interesse der beiden Kriminalbeamten hatte vor allem dem Rentner gegolten, der die Polizei verständigt hatte, und der Frage, ob Lena König tatsächlich keinen Freund hatte, wie ihre ausweichende Aussage nahelegte ("...ich wohne allein..."), und genau diese Frage hatte auch ihn brennend interessiert. Jetzt hatte er die Antwort mitten aus dem Leben, und seine ganzen Träume waren geplatzt. Einen Augenblick erwog er, trotzdem mit ihr zu sprechen, doch insgeheim wußte er, daß er jetzt dem Mann folgen mußte, der sie so schamlos auf den Mund geküßt hatte, um herauszufinden, wer er war.

Er ließ seine Vespa wieder an und folgte dem jungen Mann in einem Abstand, der bei diesem den Gedanken an eine Beschattung unmöglich aufkommen lassen konnte. Es dauerte nicht lange, und der Verfolgte fuhr in den Hof einer Grundschule, wo die Kinder in der Mittagspause bereits auf dem Hof herumtobten. Er stellte sein Fahrrad ab, unterhielt sich kurz mit einer älteren Dame, die gleich darauf im Gebäude verschwand, und rief den Schülern etwas zu. Offenbar war er Lehrer und hatte die Pausenaufsicht. In der erst jetzt so richtig aufflammenden Enttäuschung nahm Holger Brand sich vor, den Namen dieses Lehrers so schnell wie möglich in Erfahrung zu bringen und ihn unverzüglich an die Mordkommission in der Hauptstadt weiterzuleiten. Doch dann fiel ihm siedendheiß ein, daß er damit womöglich Lena König in Schwierigkeiten bringen würde, wahrscheinlich hatte sie nicht umsonst ihren Freund aus dem Spiel gelassen. Hin- und hergerissen zwischen diesen zwiespältigen Gefühlen fuhr er wieder zum Revier zurück.

Auf dem Revier war es ein leichtes für ihn, den Namen des Lehrers festzustellen. Er hieß Martin Fehr und lebte noch nicht lange in der Stadt, und als Holger Brand ein wenig weiterschnüffelte, machte er eine Entdeckung, die ihm den Atem stocken ließ. Fehr kam aus dem Dorf, in dem der Fußball-Jugendtrainer vor knapp zwei Jahren ebenfalls Opfer einer dieser mysteriösen Mordanschläge geworden war, genauso wie der Geschäftsführer des Supermarkts. Fehr war dort Dorfschullehrer gewesen und sogar längere Zeit Assistent des Trainers. Aus den Unterlagen ging nicht hervor, ob er zu dem Mordfall befragt worden war.

Holger Brands Gemütslage kippte erneut. Hatte er eben noch dumpfe Ressentiments gegen den Liebhaber seiner angebeteten Schönen gehegt, überlegte er jetzt fieberhaft, was die beiden wohl verbinden mochte und wie er Lena König aus der Schußlinie der Ermittlungen bringen konnte, ohne seinen Eid als Polizeibeamter zu verletzen. Er starrte auf den blonden Zopf seiner Kollegin Regina, die am Empfang saß und fleißig Daten in ihren Laptop eintippte, und beschloß, jetzt noch keine Meldung an die Soko abzuschicken, sondern nach Feierabend, und dann in Zivil, Lena König zu Hause einen Besuch abzustatten und von dem Gespräch abhängig zu machen, wie er sich weiterhin verhielt. Regina schien seinen Blick zu spüren, drehte sich kurz zu ihm um und sah in das entschlossene Antlitz ihres Kollegen, der plötzlich erwachsen geworden zu sein schien.

11

Am Nachmittag betraten Huizman und Melanie das Gebäude der Pathologie und fanden das Vorzimmer leer und eine Frau am Schreibtisch des Chefbüros vor, die sich Notizen in ihrem Laptop machte. Huizman sah sich irritiert um.

"Sind wir hier richtig? Wir wollten zu Dr. Riedl..."

Mit gerunzelter Stirn hob die Frau im breiten Ledersessel den Kopf und blinzelte die Ankömmlinge aus runden, schwarzen Vogelaugen an. Sie war um die fünfzig, klein und dünn und ihr Haar vorzeitig ergraut.

"Dr. Riedl ist vor einem Monat in Rente gegangen... ich bin seine Nachfolgerin, Dr. Ruth Gerlach..."

Sie trug den weißen Arztkittel eng und zugeknöpft, an ihr wirkte er wie eine Uniform.

"... das Schild draußen wurde leider noch nicht ausgetauscht..."

Sie stand auf und kam mit steifen Schritten um den Schreibtisch herum, sie hielt sich sehr gerade.

"Kriminalhauptkommissar Huizman und Kriminalkommissarin Melzer, vermute ich..."

Sie streckte ihnen eine überraschend kräftige Hand entgegen. Das Händeschütteln fiel militärisch knapp aus.

"...und Sie kommen wegen Kevin Seibert..."

Frau Dr. Gerlach sprach es aus, als handelte es sich um einen Patienten von ihr, und ohne eine Erwiderung abzuwarten, trippelte sie wieder hinter ihren Schreibtisch zurück und scrollte noch im Stehen in ihren Notizen herum.

"Hier... da ist er... nehmen Sie doch bitte Platz..."

Sie wollte sich wieder setzen, doch Huizman hielt es für angebracht, seine zweite Wortmeldung abzugeben.

"Frau Dr. Gerlach, wir sind es gewohnt, die Ausführungen der Pathologen am Objekt anzuhören..."

Die Ärztin sah überrascht hoch.

"Wie? Oh ja, gewiß, wenn Sie es so möchten..."

Sie packte ihren Laptop, preßte ihn eng an ihren Körper und öffnete die Tür zu den Arbeitsräumen.

"Bitte folgen Sie mir..."

Melanie und Huizman sahen sich an und verdrehten die Augen.

Frau Dr. Gerlach war zu dem Metalltisch geeilt, auf dem der Leichnam von Kevin Seibert lag, schaltete die Deckenbeleuchtung ein, legte ihren Laptop auf einem Beistelltischchen mit medizinischen Geräten ab und zog behutsam das makellos weiße Laken bis auf die Fußknöchel zurück. Sie bewegte sich flink und gewandt, doch nicht nur ihren Augen, auch ihren leicht gekrümmten Händen haftete etwas Vogelartiges an. Sie wartete, bis die beiden Polizeibeamten herangetreten waren.

"Womit soll ich beginnen? Haben Sie Präferenzen?"

Huizman bemühte sich, ernst zu bleiben, und vermied einen Blickkontakt mit Melanie.

"Fangen Sie einfach an... wir werden Ihnen schon unsere Fragen stellen..."

Die Pathologin vergaß völlig ihren Laptop, preßte ihre Fingerspitzen aneinander und legte los. Sie klang ein wenig wie eine Fremdenführerin.

"Wie Sie sehen, sind an dem Opfer keinerlei äußere Verletzungen sichtbar, weder Hämatome noch Kratzspuren, weder Schnitt- noch Stichwunden durch scharfe Gegenstände oder Blessuren durch Schußwaffengebrauch..."

Nicht ohne leises Schaudern glitten Melanies Augen über den toten, wächsernen Körper, der so wirkte, als sei er aus Knetmasse geformt. Der friedliche Ausdruck kurz nach dem Tod hatte sich verändert, es war, als hätten sich die Mundwinkel nach oben zu einem wissenden, sarkastischen Grinsen verzogen.

"Was uns natürlich am meisten interessiert, ist die Todesursache... bisher war es immer Herzstillstand..."

Frau Dr. Gerlach griff jetzt doch zu ihrem Laptop, platzierte ihn auf einen fahrbaren Ständer und suchte nach ihren Einträgen.

"Stimmt, ja... auch bei Kevin Seibert..."

"Aber wodurch bewirkt?"

"Eben habe ich die Ergebnisse der Blutuntersuchung bekommen... im Labor hatten sie eine unbekannte, organische Substanz gefunden, die ich näher analysieren ließ..."

Sie sah kurz hoch, ein kleines Triumphgefühl blitzte in ihren Vogelaugen auf.

"Hat mich einige Überredungskunst gekostet..."

Rasch blickte sie wieder auf ihren Laptop.

"Sie hat Eigenschaften wie Curare, ist in winzigster Dosis wirksam und wurde bisher noch nirgends nachgewiesen..."

"Soll das heißen, sie ist für den Tod verantwortlich?"

"Mit großer Wahrscheinlichkeit..."

Jetzt war Huizmans Neugier endgültig erwacht.

"Dann lautet die große Preisfrage: Wie wurde diese Substanz verabreicht?"

Wieder diese stille Genugtuung in ihren Vogelaugen.

"Als ich vorhin sagte, der Körper weise keine Verletzungen auf, meinte ich schwere Verletzungen, wie sie konventionelle Waffen verursachen..."

"Sie machen es spannend..."

"...zwischen den Schulterblättern hingegen entdeckte ich eine kleine, relativ frische Wunde von etwa einem Zentimeter Tiefe, die von einer Hohlnadel herrühren könnte..."

"Und was macht Sie so sicher?"

"Der Wundkanal weist eine hohe Konzentration der Substanz auf, die ich untersuchen ließ..."

Blitzschnell streifte sich die Ärztin Gummihandschuhe über, rollte den Leichnam erstaunlich leicht auf die Seite und wies mit dem Zeigefinger auf den mittlerweile deutlich verfärbten Fleck. Huizman und Melanie beugten sich beinahe ehrfürchtig über die Stelle und richteten sich wieder auf. Huizman sah die Pathologin finster an.

"Haben Sie eine Erklärung, warum Dr. Riedl dieses Gift entgangen ist? Die ersten drei Opfer kamen doch vermutlich auf die gleiche Weise ums Leben..."

Die Ärztin brachte den Leichnam wieder in Rückenstellung, warf einen raschen Blick auf ihren Laptop und schüttelte den Kopf.

"Herr Dr. Riedl stieß auf dieselbe Substanz, nur schien sie ihm offenbar nicht weiter wichtig zu sein..."

"Und die Einstiche? Wie konnte er die übersehen?"

"Das Gift läßt sich auch oral verabreichen... in reiner Form ist es weitgehend farb- und geschmacklos..."

Das Schweigen der beiden Kriminalkommissare lastete schwer in dem Raum. Die Pathologin zog die Gummihandschuhe aus und klappte den Laptop zu.

"Ja, und dann gibt es noch diese Verletzung am Beckenkamm..."

Sie wandte sich wieder dem toten Körper zu und zeigte auf einen roten Fleck am Beckenrand, sorgfältig darauf bedacht, das schlaff herabhängende Glied nicht zu berühren. Melanie trat näher an den Seziertisch.

"Diese Wunde gab es bei den anderen Opfern auch, man fand aber keine plausible Erklärung..."

Die Pathologin kniff die Augen zusammen und starrte auf ihren Laptop. Ihre Stimme wurde leiser.

"Wir bewegen uns jetzt auf dem Gebiet von Spekulationen... es ist denkbar, daß an dieser Stelle Flüssigkeit entnommen wurde, die Stammzellen enthält..."

Huizman hob verwundert den Kopf und setzte zum Sprechen an, doch Melanie kam ihm zuvor.

"Soll das heißen, die Opfer wurden umgebracht, um an ihre Stammzellen zu gelangen? Das klingt ja schon fast makaber..."

"Wie gesagt, es ist nur eine Vermutung, doch die Art der Wunde deutet darauf hin..."

Frau Dr. Gerlach bedachte die beiden mit der Andeutung eines Lächelns, und als sie fortfuhr, lag eine gewisse Kühnheit in ihrer Stimme.

"...aber das herausfinden ist nun Ihre Aufgabe..."

Huizman überhörte die kleine Spitze.

"Können Sie sagen, ob der Täter oder die Täterin Gummihandschuhe trug?"

"Die Spurensicherung geht davon aus... auf der Gürtelschnalle wurde Abrieb festgestellt... die Hose wurde wohl heruntergezogen, um an das Becken heranzukommen..."

Huizman hakte nach.

"Kann man bestimmte Merkmale erkennen oder davon eine Marke ableiten?"

Die Pathologin schüttelte bedauernd den Kopf.

"Das sind Allerweltshandschuhe, wie auch ich sie benütze..."

Melanie trat nochmal an den Leichnam heran und musterte widerwillig Zentimeter für Zentimeter, dann wandte sie sich an die Ärztin.

"Kann es sein, daß diese tödliche Substanz in dem Augenblick, in dem sie wirkt, auf der Hautoberfläche bläulich oszilliert?"

Frau Dr. Gerlach hob langsam den Kopf und streifte Melanie mit einem Blick, in dem diese so etwas wie Abwehr zu erkennen glaubte.

"Ich verstehe nicht, was Sie meinen..."

"Es gibt einen Augenzeugen, der eine Gestalt von dem Opfer weg laufen sah und behauptet, der Tote habe danach noch ein bläuliches Licht ausgestrahlt..."

Die Ärztin hielt dem Augenkontakt mit Melanie stand.

"Sind wir jetzt unter den Spiritisten?"

Melanie ließ sich nicht einschüchtern.

"Ist es zu viel verlangt, wenn wir weitere Untersuchungen erbitten?"

Die Pathologin faltete ihre Hände und sah von Melanie zu Huizman. Ihre Augen wirkten auf einmal viel größer.

"Ich bin auch Wissenschaftlerin, bei mir finden Sie immer ein offenes Ohr..."

Huizman nickte und sah sie nachdenklich an. Er hatte noch nie erlebt, daß ein Mensch in so kurzer Zeit soviel an Statur dazu gewonnen hatte. Er sah Melanie an, die unschlüssig die Schultern hob, und streckte der Ärztin spontan seine Hand entgegen.

"Frau Dr. Gerlach... vielen Dank..."

Aus ihrer linken Kitteltasche ertönte die Melodie zu '...*Frère Jacques*...' als Klingelton. Mit der Präzision eines Roboters, die allen ihren Bewegungen eigen war, griff ihre linke Hand nach dem Smartphone und führte es in Sekundenschnelle ans Ohr.

"Gerlach?"

Reglos lauschte sie der männlichen Stimme, die in dringlichem Stakkato ein paar Sätze von sich gab, dann nickte sie kurz.

"Ich gebe es an sie weiter..."

Sie unterbrach die Verbindung, und schon war das Smartphone wieder in ihrer Tasche verschwunden. Huizman hob lachend die Hand.

"Sagen Sie nichts... es war unser Chef, stimmt's? Und er will uns unverzüglich sehen..."

Frau Dr. Gerlach wand sich ein bißchen.

"Sie haben recht... aber ich habe ihm nichts von unserem Termin gesagt..."

Diesmal war es Melanie, die in Lachen ausbrach.

"Das brauchten Sie auch nicht... er gehört zu den Menschen, die das Gras wachsen hören..."

Die beiden nickten der Pathologin ein letztes Mal zu und verschwanden durch die Tür zum Flur.

12

Von den Katakomben der Pathologie bis zum Chefbüro brauchten sie mehr als fünf Minuten, nicht viel Zeit, um sich abzusprechen, aber das war auch gar nicht nötig, sie kannten ihren Vorgesetzten und wußten mit ihm umzugehen. Nicht zu heftig widersprechen, sich ein wenig reumütig zeigen und immer etwas in der Hinterhand behalten, um später umso überzeugender auftrumpfen zu können. Ein normales Gespräch, wie unter zivilisierten Menschen üblich, war mit ihm unmöglich.

Valentin Bubek war seit seinem Eintritt in den Polizeidienst ein Stinkstiefel gewesen und hatte seinen Aufstieg sorgfältig geplant. Es war weniger sein Scharfsinn, der ihn zum Kriminalbeamten prädestinierte, als vielmehr sein Mißtrauen allen Menschen gegenüber, das ihn alles zwei- und dreimal hinterfragen und kontrollieren ließ. Loyal bis zur Unterwürfigkeit seinen Vorgesetzten gegenüber, verhielt er sich zu seinen Kollegen eher reserviert. Und wie es sich in den meist trägen, konfliktscheuen Bürokratien wie auch in dieser so ergab, war er plötzlich stellvertretender Leiter der Mordkommission und dann, als wohl nicht zufällig eine Indiskretion über das Trinkverhalten des Chefs an die Öffentlichkeit durchsickerte, Leiter der Abteilung.

Als aufgrund seiner Oberlippenbürste die Kommentare zu Beginn seiner Karriere wegen der Ähnlichkeit mit einer gewissen unaussprechlichen historischen Figur hinter vorgehaltener Hand immer lauter wurden, ließ sich Valentin Bubek einen Knebelbart wachsen, der die hämischen Bemerkungen zwar nicht zum Verstummen brachte, ihm jedoch unverhofft zu einem prägnanten Alleinstellungsmerkmal verhalf. Im übrigen sorgte er durch akribisches, besessenes Sammeln persönlicher Daten seiner Mitarbeiter dafür, daß er in seiner Position so gut wie unangreifbar wurde.

Melanie und Huizman tauschten einen verschwörerischen Blick, dann klopfte Huizman energisch an und öffnete die Tür. Bubek stand mit dem Rücken zu ihnen hinter seinem Schreibtisch vor einer riesigen Landkarte, auf der sich die einzelnen Bundesländer farblich voneinander abhoben. In der rechten Hand hielt er eine Nadel mit einem weißen, dreieckigen Fähnchen, die er suchend über ein Gebiet im Norden kreisen ließ, bis er den richtigen Ort gefunden hatte, dann stach er mit der Nadel zu. Irgendwo in der Mitte steckten bereits drei solche Markierungen, dazu vier weitere in ihrem eigenen Bundesland.

Huizman und Melanie traten leise näher, nahmen auf den beiden harten Stühlen vor dem Schreibtisch Platz und bemühten sich, keine allzu entspannte Haltung einzunehmen.

Bubek drehte sich um und ließ sich in seinen ausladenden Sessel fallen. Ohne ein Wort der Begrüßung musterte er mit kaltem Blick seine Untergebenen, nahm eine Akte in die Hand und blätterte darin.

"Wir haben jetzt den vierten Mord dieser Art und immer noch keinerlei Ergebnisse...!"

Bubek stieß die Akte wie angewidert weit von sich und richtete sich auf.

"...oder irre ich mich?"

Huizman und Melanie verständigten sich mit einem kurzen Blick, dann ergriff Melanie das Wort.

"Frau Dr. Gerlach hat uns neue Erkenntnisse geliefert, Dr. Riedl hatte offenbar..."

Bubeks Lippen verzogen sich zu einem unangenehmen Lächeln.

"Ach, jetzt schieben Sie es auf den Kollegen, der aus dem Dienst ausgeschieden ist und sich nicht verteidigen kann?"

"Frau Dr. Gerlach standen Untersuchungsmethoden zur Verfügung, über die Dr. Riedl leider noch nicht verfügte... das wollte ich eben sagen..."

Bubek wischte diese Bemerkung mit seiner rechten Hand wie eine lästige Fliege beiseite.

"Fahren Sie fort..."

"Wir wissen jetzt, daß der Herzstillstand bei allen vier Opfern durch ein tödliches Gift verursacht wurde..."

"Hat dieses Gift auch einen Namen?"

"Es ist organischer Natur, aber noch unbekannt und wirkt in minimalster Dosierung..."

"Und Sie bleiben dabei, daß es sich um einen Täter handelt?"

Huizman beugte sich vor.

"Täter oder Täterin... die ritualisierte Form der Morde und dieses unbekannte Gift deuten darauf hin..."

"...deuten darauf hin? Haben Sie denn eine Ahnung, ob es einen Zusammenhang zwischen den Opfern gibt?"

"Allen Opfern wurden offenbar Stammzellen entnommen..."

"Stammzellen, hm? Es wird immer abstruser! Jagen Sie jetzt eine Wiedergeburt von Dr. Mabuse?"

"Mit der Hilfe von Frau Dr. Gerlach hoffen wir..."

"Im Klartext: Sie tappen im dunkeln..."

Bubek stand abrupt auf, wandte sich wieder der Landkarte zu und deutete auf die vier weißen Fähnchen in ihrem Bundesland.

"Dies sind die Orte, wo Ihre vier Leichen gefunden wurden..."

Er machte einen Schritt nach links und wies auf die vier übrigen Markierungen.

"...und dies sind die Orte in zwei anderen Bundesländern, in denen die Opfer nach demselben Muster umgebracht wurde..."

Bubek drehte sich rasch um und weidete sich an den überraschten Gesichtern seiner Untergebenen.

"Ganz schön auf Trab, Ihr Serienkiller..."

Er setzte sich wieder und lehnte sich weit zurück.

"In der Schaltkonferenz habe ich so getan, als wären wir kurz vor dem Durchbruch, doch wenn Sie nicht bald Resultate vorweisen, übernimmt das LKA... das steht fest wie das Amen in der Kirche, und eine solche Blamage möchte ich mir ersparen... also halten Sie sich ran!"

Bubek klappte seinen Laptop auf und schaltete ihn ein. Offensichtlich hielt er das Gespräch für beendet.

Melanie und Huizman erhoben sich und verließen rasch das Büro. Es war nicht der gewohnte, ruppige Ton ihres Vorgesetzten, der ihnen naheging, sondern die Tatsache, daß aus heiterem Himmel vier weitere Fälle aufgetaucht waren, und das mußten sie erstmal verdauen.

Auf dem Weg zum Ausgang gingen sie stumm nebeneinander her. Draußen dämmerte es bereits, als Huizman die schwere Tür aufstieß. Er sah Melanie an, die seltsam geknickt neben ihm stehenblieb. So kannte er sie gar nicht, sie war sonst in jeder noch so mißlichen Lage ein Vorbild an Zuversicht.

"Was ist los? Du siehst plötzlich so deprimiert aus..."

Melanie versuchte zu lächeln.

"Ich bin einfach nur furchtbar müde..."

"Schlaf dich aus... morgen früh treffen wir uns hier in alter Frische..."

Melanie drückte kurz Huizmans Arm.

"Mach' ich..."

Zögernd schritt sie die paar Stufen hinab und winkte ihm noch einmal zaghaft zu, bevor sie zum Parkplatz weiter ging. Huizman sah ihr noch eine Weile verwundert nach, dann begab er sich zu seinem eigenen Wagen, den er gestern abend aus Zeitmangel nachlässig am Straßenrand geparkt hatte.

13

Melanie suchte nach ihrem Clio, den sie irgendwo ganz hinten zwischen zwei aufgebockten Einsatzfahrzeugen fand. Sie fuhr nicht gleich los, sondern dachte über ihren sonderbaren Gefühlszustand zwischen ohnmächtiger Wut und körperlicher und seelischer Erschöpfung nach, der mit zu wenig Schlaf allein nicht zu erklären war. Woran sie sich noch genau erinnerte, war der Augenblick des Umschwungs ihrer Gefühlslage, es begann gleich nach ihrem Eintreten in das Büro ihres Chefs. Langjährige Erfahrung hatte sie eigentlich abgestumpft gegen die Bösartigkeit und notorische Feindseligkeit Bubeks, der Frauen im Polizeidienst sowieso nicht ernstnahm, doch heute hatte sie etwas in seinem Blick wahrgenommen, das ihr bisher entgangen war oder sich erst seit neustem gebildet hatte, ein Ausdruck von Verachtung und dem mörderischen Verlangen, sie zu quälen und ihr schlimme Schmerzen zuzufügen. Diese plötzliche Erkenntnis erschreckte sie – oder war sie jetzt endgültig verrückt geworden? Hatten diese endlose Jagd nach Verbrechern und der Anblick ihrer oft übel zugerichteten Opfer sie mürbe gemacht und ihr den Verstand geraubt? Melanie lehnte sich zurück und atmete tief durch. Sie glaubte sich gut genug zu kennen, um diese Frage verneinen zu können, auch wenn sie manchmal lange brauchte, um nach Tagen intensiver und schwieriger Ermittlungen wieder ins Lot zu kommen. Umso beunruhigter war sie jetzt, daß ein Mensch wie Bubek ungehindert in ihre Seele eindringen und ihren gegenwärtigen Gemütszustand verursachen konnte.

Seufzend drehte sie den Zündschlüssel um und rollte auf die Straße hinaus. Sie führte seitlich an dem mächtigen Polizeipräsidium entlang, und als sie auf halbem Weg hochsah, erblickte sie das hell erleuchtete Fenster des Büros, in dem ihr Vorgesetzter residierte und wie eine Spinne seine giftigen Netze ausspannte. Diese Vorstellung war wie ein Schlag in ihre Magengrube, doch wenigstens wußte sie jetzt endgültig, wem sie ihren Zustand verdankte, wenn auch nicht, warum ausgerechnet durch ihn.

Eigentlich hatte Melanie die Absicht gehabt, auf schnellstem Weg nach Hause zu fahren, doch auf einmal scheute sie sich vor der Leere, die sie in ihrem Apartment erwartete. Sie hatte sich sonst immer darauf gefreut, am Ende eines Tages alles hinter sich zu lassen und ihrer Seele ungestört die nötige Erholung zu gönnen, doch heute war alles anders. Ein Freund, der sie in die Arme nahm, wäre jetzt tröstlich, doch die wenigen Erfahrungen hatten sie abgeschreckt. Für die Banalitäten des Alltags, die Beziehungsroutinen, die sich unausweichlich bildeten, war sie noch nicht bereit. Gelegentlich argwöhnte sie, daß sie in ihren Partner verliebt war und deshalb keine Veranlassung hatte, jemanden kennenzulernen, doch Rick Huizman war nicht ihr Typ, auch wenn sie ihn als Mann durchaus attraktiv fand. Was ihr hingegen imponierte, war seine ungewöhnliche Empathiefähigkeit und seine absolute Ehrlichkeit, auch sich selbst gegenüber. Wo andere ihre Ratlosigkeit mit Geschwafel vernebelten, hatte er nie Probleme damit, einen Irrtum zuzugeben oder das Ausbleiben einer zündenden Idee. Mit ihm konnte sie auch ganz offen über persönliche Dinge reden, und darüber hatte sich zwischen ihnen ein tiefes Vertrauen entwickelt - nur eben, nach Feierabend war Schluß damit, und er kehrte zu seiner glamourösen Freundin aus der Werbebranche zurück, auf die sie nicht einmal eifersüchtig war.

Melanie fuhr eine Weile ziellos durch die Stadt, bis ihr das Lokal einfiel, in dem man alle möglichen Variationen von Wraps bekam. Es verkehrten fast nur junge Leute dort, es war auch nicht eigentlich ein Restaurant, man saß oder stand um runde, einbeinige Tische herum und verbrachte gerade soviel Zeit, um aufzuessen, was man an der Kasse bestellt hatte, dann warteten schon die nächsten Kunden. Auch an diesem Abend war das Lokal gut besucht, Melanie bestellte einen Wrap mit Pute, Schafskäse und Tomaten und stellte sich zu einem Paar, das sich damit vergnügte, sich gegenseitig zu füttern und nur Augen füreinander hatte. Wäre ihr Problem tatsächlich ihr Dasein als Single gewesen, hätte sie diese Intimität sicher traurig gemacht, doch sie fand sie nur albern und aufgesetzt und spürte, wie etwas in ihr wuchs, das mit ihrem merkwürdigen Schwebezustand zu tun hatte und sie noch mehr beunruhigte als der plötzliche Stimmungsumschwung in Bubeks Büro.

Zu Hause verließ ihre Unruhe sie nicht, sie setzte sich an ihren Computer, stöpselte die Kopfhörer ein und klickte auf Musikvideos, die sie immer wieder gerne hörte. Nachdem einer der Songs verklungen war, saß sie sinnend da und schaute zu, wie ihr Computer einen weiteren Clip für sie aussuchte: *These Times we're Living in...* von Kate Wolf, und diese einfache, ungekünstelte Melodie mit den schwermütigen Erinnerungen an erfüllte, vergangene und unwiederbringliche Tage drangen ungefiltert in sie ein, als seien sie extra für sie erschaffen worden, und erzeugten ein Gefühl von Wehmut. Sie dachte an die Geschichten ihrer Großmutter, denen sie, erfüllt von ihren ganz eigenen Erwartungen an das Leben, damals nur mit halbem Ohr gelauscht hatte. Eine Sehnsucht erfaßte sie, die nichts zu tun hatte mit all den üblichen Wünschen, die sie sonst evozierte, und ein Gefühl freudiger Erwartung packte sie.

In dieser Stimmung ging sie zu Bett und schlief sofort ein. Sehr viel später, im Morgengrauen, ein Alptraum. Es war tiefe Nacht, zusammen mit anderen stapfte sie durch einen dichten Wald auf der Suche nach einem Menschen, der sich darin verirrt hatte und womöglich umgebracht worden war, von einem Monster, von dem man vermutete, daß es dort hauste, das aber noch nie jemand gesehen hatte. Ohne es zu merken, hatte sie sich längst von den anderen entfernt, sie spürte, wie es mit jedem Schritt wärmer wurde und ein roter Schimmer durch die Bäume drang. Sie ging immer schneller und trat plötzlich auf eine Lichtung, an deren gegenüberliegendem Ende ein Hütte lichterloh in Flammen stand. Furchtlos, nur mit einem Stock bewaffnet, marschierte sie auf die Hütte zu und sah, wie an einem offenen Fenster reglos und ohne einen Laut von sich zu geben, ein Mann stand und mit glühenden Augen beobachtete, wie sie näher kam. Als die Hitze unerträglich wurde, blieb sie stehen und faßte die Gestalt in der brennenden Hütte, die sich keinen Millimeter bewegt oder einen Ton von sich gegeben hatte, genauer ins Auge. Es war Bubek, der sie starr und furchtsam fixierte, als könnte er sie damit aufhalten. Sein Knebelbart fing Feuer, seine Augen nahmen einen flehentlichen Ausdruck an, dann wachte Melanie auf, mit einem Triumphgefühl, das nahtlos über den Traum hinaus anhielt und erst allmählich verebbte.

Es war noch früh am Morgen, doch sie fühlte sich ausgeruht. Diese seltsame Schwäche, die sie gestern noch so sehr gelähmt hatte, war wie verflogen. Sie frühstückte in aller Ruhe, doch seltsamerweise kamen ihr plötzlich Zweifel, ob sie Rick davon erzählen sollte, insgeheim befürchtete sie, die ganze Kraft zu verlieren, die sich in ihr über Nacht aufgebaut hatte, auch wenn ihr noch nicht klar war, was diese Vision bedeutete.

14

Huizman hatte noch das Gesicht von Melanie vor Augen, den kraftlosen, entmutigten Ausdruck darin, den er sich nicht erklären konnte, als er an der Wohnungstür von Natalie klingelte und gleich darauf mit seinem eigenen Schlüssel öffnete. Er traf sie in der Küche an, wo sie am Herd stand und kochte. In einem großen Topf sprudelte Spaghettiwasser, in einen kleineren schob sie gerade Lachsstückchen in die Soße, auf der Anrichte stand bereits eine Schüssel mit Rucola- und Tomatensalat. Huizman wunderte sich, daß sie schon zu Hause war und in eine solch friedfertige Tätigkeit versunken. Doch typisch für sie war sie auch zu diesem Zweck nicht nachlässig angezogen, sondern trug ein kurzärmliges, tannengrünes Hauskleid, in dem sie auch hätte ausgehen können, und darüber eine hellgelbe Plastikschürze. Sachte legte er von hinten die Arme um sie.

"Eines meiner Lieblingsgerichte! Und genau zu meiner Essenszeit..."

Natalie löste seine Hände, die sich über ihrer Schürze kreuzten, und rührte behutsam in der Soße.

"Die Spaghetti sind gleich fertig... also hol' schon mal das Sieb raus, nimm den Salat mit und zünde die Kerze auf dem Eßtisch an..."

Huizman öffnete einen Küchenschrank und angelte nach dem großen Sieb.

"Was feiern wir eigentlich? Und warum bist du so früh zu Hause?"

Natalie wandte kurz den Kopf und bedachte ihn mit einem liebevollen Blick.

"Alles zu seiner Zeit... stell nicht so viele Fragen..."

Huizman fuhr ihr mit der Hand zart über die Schulter, griff nach der Schüssel mit dem Salat und ging ins Wohnzimmer, wo der Tisch bereits gedeckt war. Er verteilte den Salat in zwei Schalen, goß aus einer Karaffe Wasser in zwei Gläser und setzte sich. Wein tranken sie nur, wenn sie beide am nächsten Tag nicht arbeiten mußten. Er hörte es in der Küche klappern, und gleich darauf kam Natalie mit zwei gefüllten Tellern herein.

"Es ist noch genug da, falls es dir nicht reicht..."

Sie hatte ihre Schürze ausgezogen und sah in ihrem einfachen, enganliegenden Kleid so apart aus, als sei sie zu Gast, ohne sich darauf etwas einzubilden. Huizman lächelte anerkennend.

"Zum Glück sind wir unter uns, die Leute könnten sonst meinen, du hast deinen Chauffeur eingeladen..."

"Hauptsache, du ißt nicht mit den Fingern... guten Appetit..."

Sie nahmen das Besteck in die Hände und fingen an zu essen. Wie die Wohnung von Huizman bestand auch das Apartment von Natalie nur aus zwei Zimmern. Doch im Gegensatz zu seiner schmucklosen, funktionalen Einrichtung spürte man bei ihr, daß jedes Möbelstück, jeder Gegenstand, jedes Gemälde mit Bedacht ausgewählt war und so aufeinander abgestimmt, daß alles zu einem heiteren, warmen Ton verschmolz, ein geschmackvolles, sehr persönliches Ambiente, dem Natalie wie das fehlende Stück eines Puzzles erst durch ihre Anwesenheit die krönende Vollkommenheit verlieh.

Wer sie so sah, hätte denken können, sie hätten sich nichts zu sagen, doch es war das genaue Gegenteil. Beide fühlten sich in der Gegenwart des anderen vollkommen aufgehoben und geborgen, und auch wenn sie nicht direkt in der Lage waren, gegenseitig ihre Gedanken zu lesen, spürten sie doch in jedem Augenblick die Gestimmtheit des anderen.

Es war Natalie, die als erste dieses andächtige Schweigen durchbrach.

"Habe gehört, eure Aktion war ein Riesenerfolg... erst laßt ihr die bösen Buben eine Bank in die Luft sprengen, dann sperrt ihr sie alle hinter Gitter..."

Huizman ließ sich Zeit mit einer Antwort, geduldig kaute er an seinem Bissen.

"Ja, das lange Warten hat sich gelohnt... Habgier vernebelt eben die Sinne..."

Er zwirbelte Spaghetti um seine Gabel, ließ sie dann aber liegen.

"Aber danach ging es noch weiter... plötzlich tauchte Melanie in dem Kaff auf..."

"Oh, deine blonde Sirene..."

Natalie sagte es ohne jede Eifersucht, es gehörte zu ihrem Spiel. Huizman lachte und deutete auf ihr Kleid.

"Solange du dich sogar zu Hause so auftakelst, hast du nichts zu befürchten... aber im Ernst: Wir haben wieder so einen Fall..."

In Natalies Haltung änderte sich nichts, doch sie war auf einmal mit allen ihren Sinnen bei der Sache.

"Du meinst diese Toten mit Herzstillstand?"

"Genau, doch diesmal hat unsere neue Pathologin geliefert... im Blut fand sie eine hochgiftige, unbekannte

Substanz und einen Einstich im Beckenkamm... möglicherweise wurden mit einer Hohlnadel Stammzellen entnommen..."

Auch Natalie hatte aufgehört zu essen.

"Gab es noch weitere Auffälligkeiten?"

Huizman trank einen Schluck Wasser und überlegte.

"Der Mann, der die örtliche Polizei alarmiert hatte, berichtete von einer seltsamen Erscheinung... der Tote, der im Lagerraum eines Supermarkts am Boden lag und von dem er eine Gestalt weghuschen sah, soll einen bläulichen Schimmer ausgestrahlt haben... er behauptete steif und fest, es sei keine Taschenlampe gewesen..."

Natalie beugte sich angespannt vor.

"Erinnerst du dich an den Tod meiner Chefin?"

Huizman starrte sie verwirrt an.

"Ja – und?"

"Ein Anwohner wollte in ihrem Auto ein bläuliches Licht gesehen haben..."

"...nichts anderes als die Innenbeleuchtung..."

"...und auch sie hatte am Beckenrand eine winzige Verletzung, die ihr euch nicht erklären konntet..."

Huizman fühlte Natalies sanfte, dunkelblaue Augen fragend auf sich gerichtet und empfand wieder einen leisen Anflug von Lähmung.

"Was willst du damit sagen?"

"Das weißt du genau..."

"Daß deine Chefin auch so ein Fall war?"

Natalie nahm ihr Besteck wieder auf und aß weiter. Huizman tat es ihr gleich.

"Du weißt, ich habe damals nur Zeugen befragt..."

"...unter anderem auch mich..."

Sie sahen beide hoch und lächelten sich an. Natalie hob kokett ihr Wasserglas.

"...und deine Augen waren überall..."

"Das können wir gerne wiederholen..."

Ein feines Lächeln huschte über ihr Gesicht.

"Hast du mich nie in Verdacht gehabt?"

"Ich wüßte nicht, warum... du warst zur Tatzeit zu Hause und hast eine Menge E-Mails geschrieben..."

"Aber ich habe doch von ihrem Tod profitiert..."

"Bei all dem Zeug, das sie schluckte, brauchte es keinen Mord, auch wenn es tausend Gründe dafür gab..."

Sie gingen früh zu Bett und lasen beide noch, eng aneinander geschmiegt, dann ließ Natalie ihr Buch sinken.

"Rick? Stör' ich dich?"

Er hatte Célines *Eine Reise ans Ende der Nacht* irgendwo in seinem Auto wiedergefunden und war froh, unterbrechen zu können.

"Nein, überhaupt nicht..."

"Ich hatte heute wieder mal Krach mit meinem Team...du weißt schon, diese Paradiesvögel, die im Cyberspace hausen, kein Spiegelei braten können und sich vor jedem Käfer ekeln..."

"Du hast dir doch diesen Beruf ausgesucht..."

"Ich bin sehr gut darin, das heißt aber noch lange nicht, daß ich ihn liebe..."

Huizman richtete sich auf und stützte sich auf seinen Ellbogen ab. Natalie rückte näher an ihn heran und legte eine Hand auf seine Hüfte.

"Ich habe lange darüber nachgedacht... es würde mir nichts ausmachen, von einem Tag zum anderen aufzuhören und irgendwo auf dem Land ein neues Leben anzufangen..."

Huizman riß die Augen auf.

"Um Hühner zu züchten und Kühe zu melken?"

Sie kniff ihn in die Nase.

"Warum nicht? Das Melken überlasse ich natürlich dir... und hast du mir nicht mal erzählt, daß du eine Schreinerlehre angefangen hast?"

Huizman sah Natalie forschend in die Augen.

"Mir scheint, du willst mir etwas sagen, ohne mit der Wahrheit herauszurücken..."

Sie fuhr ihm zärtlich über die Wange.

"Nein, ich fantasiere... aber ein Körnchen Wahrheit ist schon dabei..."

Huizman legte sich wieder auf den Rücken und dachte nach.

"Auf dem Land zu leben ist sicher nicht verkehrt... aber daß ausgerechnet *du* damit anfängst..."

Natalie legte ihr *Edith Wharton*-Buch beiseite, löschte das Licht und schob ihre Hand in seine.

"Es ist nur so eine Idee..."

Huizman drückte ihre Hand, dann schlossen sich seine Augen. Bis zum Morgengrauen schlief er ruhig und fest, dann glitt er einmal mehr in seinen Alptraum hinüber. Wieder und wieder griff er nach dem glitschigen Seil, um sich daran hoch zu ziehen, und bei jedem Versuch rutschte er wieder ab. Doch plötzlich, als er wie üblich resignieren wollte, gelang es ihm, eine Schleife zu formen und sie zu verknoten. Er hielt sich daran fest, zog ein Bein hoch, steckte den Fuß durch die Schlinge und drückte sich mühsam nach oben. Sein Kopf prallte gegen den Deckel und stieß ihn zur Seite, er schoß über den Rand des Behälters hinaus und fand sich unter einem hellen, gleichförmig blauen Himmel wieder, der ihn rundum zu umgeben schien. Seine Lungen füllten sich mit Luft, er drehte und wendete sich, er war vollkommen frei und konnte sich in jede Richtung bewegen. Ein Gefühl tiefster Dankbarkeit erfüllte ihn, und zum ersten Mal wachte er auf, ohne vor Wut und Ohnmacht zu zittern.

15

Holger Brand betrachtete sich zum letzten Mal im Spiegel und wandte sich mit einem Gefühl des Unbehagens ab. Er war sauber rasiert und frisch gekämmt, die Haare hatte er sich extra gewaschen, sogar ein teures Aftershave hatte er gekauft. Aber reichte das aus, um auf Lena König Eindruck zu machen? Er trug das Outfit, von dem er dachte, lässig und überlegen zu wirken, seine schwarzen Jeans, ein schwarzes Hemd und seine silbergraue Jacke mit dem roten, eingestickten <C> vorne drauf, dazu seine neuen, weißen Sneaker. Doch da er selten ausging und noch nie ein Feedback zu seiner Kleidung bekommen hatte, tappte er vollkommen im dunkeln. Insgeheim sehnte er sich nach seiner Uniform zurück, doch er hatte sich nun einmal anders entschieden.

Als er unten an der Treppe in den Flur einbog, der zur Haustür führte, kam ihm seine Mutter auf dem Weg zur Küche mit einem Tablett voll schmutzigem Geschirr entgegen, blieb kurz stehen und schnupperte an ihm.

"Mmh, der junge Herr trägt ein neues Parfüm – hast du ein Rendez-vous?"

Holger Brand war peinlich berührt, nicht nur, daß seiner Mutter sofort der neue Duft aufgefallen war, sondern auch, daß man ihm ansah, was er vorhatte. Er versuchte mit Würde zu reagieren.

"Mutter, bitte, ich bin dienstlich unterwegs... ich helfe, in einem Mordfall zu ermitteln..."

Die Mutter, die sich um ihren kontaktscheuen Sohn sorgte und ihn trotzdem vorbehaltlos liebte, schaltete einen Gang zurück, machte es aber nur noch schlimmer.

"Ich meine ja nur... ich würde mich sofort in dich ver-
lieben..."

Der junge Polizist straffte sich, schritt energisch zur
Haustür und war draußen. Die Mutter sah ihm seufzend
nach.

Auf seiner Vespa fühlte sich Holger Brand wieder sicher, fürchtete aber um seine sorgfältig frisierten Haare.
Er ließ sich Zeit und fuhr Umwege, um sich sammeln,
merkte dann aber zu seinem Schrecken, daß er keine Ahnung hatte, wie er vorgehen wollte. Was ging es ihn eigentlich an, ob Lena König einen Freund hatte, und falls
ja, ob sie mit ihm gestern abend zusammen war? Ihm fiel
wieder ein, daß der junge Mann, Martin Fehr, der sie heute mittag geküßt hatte, mit einem Mordfall in Verbindung
stand, der dem sehr ähnelte, in den die junge Frau ver-
strickt war und der eigentliche Grund für seinen Auftrag.
Verzweifelt versuchte er sich vorzustellen, wie die beiden
Kriminalbeamten aus der Hauptstadt die Sache angepackt
hätten, doch die waren ja nicht in Lena König verliebt.

Bevor er klingelte, fuhr er nochmal mit seinem Kamm
durch die Haare und öffnete den Reißverschluß seiner Jacke bis zur Mitte. Der Türöffner summte augenblicklich,
als hätte sie ihn erwartet, und als er die dritte Etage erreichte, sah er sie lächelnd vor der Wohnungstür stehen.

"Oh, Sie sind das... Holger Brand, nicht wahr? Von
der örtlichen Polizei?"

Sie trug ein schlichtes Kleid ohne jeden Schmuck,
doch mit ihrer geraden, selbstbewußten Haltung wirkte
sie auf ihn wie eine Erscheinung. Er nahm die letzte Trep-
penstufe und drückte ihr die Hand.

"Ich muß mich bei Ihnen entschuldigen, daß ich so un-
angemeldet erscheine..."

"...aber Sie sind dienstlich hier und wollten mich überraschen..."

Sie lachte, trat unter die Tür und machte eine einladende Geste.

"Bitte, treten Sie ein..."

Es war ein Anderthalb-Zimmer-Apartment, und die Enge der Wohnung steigerte noch die Intimität seiner Anwesenheit. Es gab eine Sitzecke mit Fernseher und zur offenen Küche hin einen Eßtisch mit vier Stühlen. Lena König dirigierte ihn zur Sitzecke und nahm selber Platz.

"Kann ich Ihnen etwas anbieten? Bier, Wasser? Wein? Es ist alles vorhanden..."

Holger Brand ließ sich vorsichtig in einem Sessel nieder und hob abwehrend die Hände.

"Vielen Dank, ich will Sie nicht lange aufhalten..."

Lena König legte ein Bein über das andere, verschränkte ihre Hände auf den Knien und sah ihn lächelnd an. Es erstaunte ihn, daß sie kein bißchen beunruhigt schien.

"Nun, Sie können sich ja denken, warum ich hier bin..."

"Der Tod von Kevin Seibert..."

"Die beiden Beamten der Mordkommission haben mich gebeten, in seinem Umfeld ein wenig zu recherchieren..."

"Verstehe..."

"...und weil Sie jeden Tag mit ihm zusammen waren und gestern nacht fast bis unmittelbar vor seinem Tod, sind Sie natürlich die ergiebigste Zeugin..."

"...und Verdächtige Nummer eins..."

Lena König stellte ihre Beine nebeneinander, lehnte sich im Sofa zurück und verschränkte die Arme. Ihr Blick war immer noch freundlich, doch er hatte an Schärfe gewonnen.

"Warum haben Sie mich nicht schon heute mittag aufgesucht? Ich sah Sie auf dem Parkplatz mit Ihrer Vespa, doch plötzlich waren Sie verschwunden..."

Holger Brand war völlig überrumpelt. Die ganze Zeit hatte er sich das Hirn zermartert, wie er die Sprache auf Martin Fehr lenken sollte, davon überzeugt, daß sie das auf jeden Fall vermeiden wollte, und jetzt eröffnete sie ihm ohne Umschweife, daß sie ihn mittags gesehen hatte und ihr somit klar war, daß er beobachtet haben mußte, wie der junge Mann sie küßte. Bevor er einen klaren Gedanken fassen konnte, fuhr sie weiter.

"Ach, jetzt verstehe ich... Sie wollten herausfinden, wer der junge Mann war, der mich geküßt hat... ob er mein Freund ist... das hat auch den Hauptkommissar interessiert, aber aus irgendeinem Grund hat er nicht gewagt zu fragen..."

Holger Brand setzte sich in seinem Sessel gerade hin, er fühlte sich ertappt.

"Sie hatten gesagt, Sie wohnen allein..."

"Das tue ich auch..."

"Und was ist mit Martin Fehr?"

Lena König zog demonstrativ die Beine unter sich. Ihr Gesichtsausdruck war noch immer freundlich und offen, doch in ihrer Haltung zeigte sich eine gewisse unerschrockene Kampfbereitschaft.

"Das haben Sie also herausbekommen... und weiter?"

"Martin Fehr war Assistent eines Fußballtrainers, der auf ähnliche Weise ums Leben kam wie Kevin Seibert..."

"Glauben Sie, das weiß ich nicht? Das ist doch der Grund, warum er hierher gezogen ist... dieses ewige Gerede und die scheelen Blicke..."

Sie warf dramatisch ihren rechten Arm in die Luft und unterstrich damit ihre Worte.

"Er wurde nie verdächtigt, sehen Sie doch in den Akten nach..."

"Wenn das so ist... warum dürfen die Kollegen von der Mordkommission nicht erfahren, daß Sie sich kennen?"

Sie ließ ihre Beine wieder auf den Boden gleiten und beugte sich vor.

"Hören Sie Herr Brand, Sie sind ein junger Polizist, der sicher gerne Karriere machen möchte, aber Sie sind vollkommen unerfahren..."

Er zuckte leicht zusammen bei diesem doppelsinnigen Wort, und sie fuhr fort.

"Wir sind beide unschuldig, Martin und ich, doch wenn Sie die Aufmerksamkeit auf uns lenken, ist irgendwann auch die Presse da, und Sie können sich ja denken, was dann geschieht..."

Holger Brand wagte kaum zu atmen, blickte in das aufgewühlte Gesicht der jungen Frau, nahm mit allen seinen Sinnen die Rundungen ihres Körpers wahr, außerstande, eine Entscheidung zu treffen. Als hätte sie seinen Zustand erahnt, stand sie rasch auf, lehnte sich mit einer Hand gegen die Lehne des Sofas und zeigte sich ihm provokativ in ihrer ganzen triumphalen Weiblichkeit.

"Wissen Sie was? Warum gehen wir nicht alle mal zusammen essen, und Sie nehmen Ihre Freundin mit? Wir reden über alles, und Sie machen sich selbst ein Bild..."

Der junge Polizist fühlte sich genötigt, sich ebenfalls zu erheben, und versuchte ein Lächeln, doch sein Mund war wie zugeklebt. Ihm gelang nur ein Murmeln.

"Sehr gerne, aber ich habe keine Freundin..."

"Das glaube ich Ihnen nicht..."

Lena König ging lächelnd auf ihn zu, nahm ihn am Arm und führte ihn zum Ausgang wie einen Kranken. Er spürte, wie sich die Wärme ihres Körpers auf ihn übertrug und wohlig durch ihn hindurchströmte. Er hätte an ihrer Seite ewig so weiter gehen können, doch nach ein paar Schritten waren sie schon an der Tür. Dort drückte sie ihm mit beiden Händen seine rechte Hand, ihr Blick senkte sich tief in seine Augen, und sie dämpfte die Stimme.

"Ich melde mich... ich bin sicher, wir werden uns wunderbar verstehen..."

Sie ließ seine Hand los, als würde ihr das schwerfallen, er tastete nach der Klinke und öffnete die Tür, ohne den Blick von ihr zu wenden. Er wollte etwas sagen, doch die Stimme versagte ihm, es kam nur ein unverständlicher Laut. Die Tür schloß sich geräuschlos hinter ihm, und wie betäubt taumelte er die Treppe hinunter.

Lena König lauschte noch eine Weile, und als alles ruhig blieb, wandte sie sich aufatmend um und ging ins Wohnzimmer zurück. Ihre Augen waren leer und das Feuer erloschen, wie nach einer schweren Anstrengung.

Wie aus dem Nichts stand plötzlich Martin Fehr vor ihr, der sich die ganze Zeit über im Schlafzimmer versteckt hatte.

"Ist er weg?"

Sie konnte nur nicken, dann versanken sie in einer innigen Umarmung. Sie lösten sich voneinander und nahmen in der Sitzecke Platz. Martin Fehr legte einen Arm um sie.

"Glaubst du, du hast ihn herumgekriegt?"

"Für eine Weile schon... aber was wird, wenn er morgen aufwacht?"

Lange verharrten sie in ratlosem Schweigen, dann ergriff er wieder das Wort.

"Wir sind hier nicht mehr sicher... wenn sie draufkommen, daß wir zusammen sind, haben wir keine Ruhe mehr..."

Sie stieß einen tiefen Seufzer aus.

"Was können wir tun?"

Er beugte sich vor, stützte sich mit den Ellbogen auf den Knien ab und verschränkte die Hände.

"Ich habe einen Plan, allerdings nur für Notfälle... doch früher oder später ist es ohnehin soweit..."

Sie sah ihn von der Seite an und faßte nach seinen gefalteten Händen.

"Egal, was geschieht... Hauptsache, wir bleiben zusammen..."

16

Melanie Melzer und Rick Huizman trafen fast gleichzeitig in ihrem Büro im Polizeipräsidium ein. Beide versuchten am Gesichtsausdruck des anderen abzulesen, wie das Befinden war, und waren überrascht, daß beide gute Laune hatten. Dennoch fühlte sich Huizman dazu verpflichtet nachzufragen, da Melanie am Vorabend ungewohnt niedergeschlagen nach Hause gegangen war.

"Na, du scheinst den Keulenschlag unseres Vorgesetzten gut verdaut zu haben..."

Melanie setzte sich an ihren Platz und schaltete den Computer ein. Obwohl sie sich an ihre gespenstische Vision kurz vor dem Aufwachen noch sehr gut erinnerte, der eigentlich Grund, warum ihre Lebensgeister wieder zurückgekehrt waren, hielt sie sich bedeckt.

"Es ist wie beim Boxen... man übersieht einen Hieb, den man sonst mit Leichtigkeit pariert, und ist kurz groggy... einen so niederträchtiger Menschen wie Bubek darf man eben nicht so nah an sich herankommen lassen..."

Auch Huizman hielt eine seltsame Befangenheit davon ab, von der überraschenden Wendung in seinem Alptraum zu erzählen, der ihm zu neuem Schwung verholfen hatte.

"Das ist die richtige Haltung... im übrigen ist er der einzige in diesem Haus, der dich nicht leiden kann..."

Beide saßen inzwischen vor ihren Computern und hatten ihr Postfach geöffnet. Huizman fiel sofort die Mail von Holger Brand ins Auge.

"Sieh nur, unser *Sherlock Holmes* aus der Provinz... mal sehen, was er uns mitzuteilen hat..."

Melanie hatte die Nachricht ihres Kollegen auch schon entdeckt.

"Der nimmt unseren Auftrag richtig ernst... <aus dem Umfeld des Opfers keine neuen Erkenntnisse...>, <Rentner weicht in keinem Punkt von seiner Aussage ab...>, <Ehefrau zur Tatzeit Nachtschicht im Krankenhaus...>..."

Beide lasen konzentriert weiter, und Huizman runzelte die Stirn.

"Was soll das heißen, <bei meinem Überraschungsbesuch traf ich Lena König allein zu Hause an, nur sie ist unter ihrer Adresse gemeldet>..."

Huizman blickte über seinen Laptop hinweg zu Melanie hinüber, die gerade den Kopf hob.

"Du hast recht, das ist eine merkwürdige Feststellung für einen Polizisten..."

"Als ob auch er sich nicht getraut hätte nachzubohren... falls sie einen Freund hat – und sie hat einen, da bin ich mir sicher! - macht sie sich doch nur unglaubwürdig, wenn sie ihn verschweigt..."

"Reicht das aus, um sie als Täterin zu verdächtigen?"

"Sie spielt mit uns, und warum sollte sie das tun, wenn sie unschuldig ist?

"Sollen wir hinfahren und sie nochmal vernehmen?"

Huizman wiegte den Kopf.

"Ist nur sinnvoll mit einem Durchsuchungsbefehl..."

"Kriegen wir den?"

"Der Alte will Resultate... also wird er irgendeinen Richter dazu überreden..."

Fast gleichzeitig klingelten ihre Telefone. Huizman war schneller dran, und das von Melanie verstummte.

"Huizman?"

Er lauschte der Stimme, die sehr eindringlich klang, und sein Gesicht verdüsterte sich.

"Ja, alles klar... ich fahre mit Melanie Melzer hin... bitte verständigen Sie sofort die Spurensicherung..."

Huizman blies die Backen auf und ließ die Luft entweichen.

"Dreimal darfst du raten... Fall Nummer fünf... draußen in der Pampa auf irgendeinem Gehöft..."

Melanie klappte ihren Laptop zu und schlüpfte in ihre Jacke.

"Wenigstens kommen wir ein bißchen herum..."

17

Der Bauernhof befand sich im Süden weit außerhalb der Stadt. An einem sich ruhig dahinschlängelnden Fluß gelegen, eingebettet zwischen waldigen Hügeln, zeugte er von stolzen, längst vergangenen Zeiten. Ein geräumiger Schuppen schloß sich an, in dem sich allerhand landwirtschaftliche Gerätschaften stapelten. Vorne an einer der Wände hing sogar noch ein Pflug, wie er einst von Pferden gezogen wurde. In einiger Entfernung vom Haupthaus stand ein moderner Stall aus Beton und Glas, der wie ein Fremdkörper wirkte.

Der Frühling hatte noch keine Fortschritte gemacht, die Sonne verbarg sich hinter einer dicken, schiefergrauen Wolkendecke. In der Nacht hatte es geregnet, und so wirkte das Gehöft inmitten der vereinzelten, noch kahlen Bäume mit den mächtigen Kronen, die dort seit Ewigkeiten standen, trostlos und wie ausgestorben, als Huizman und Melanie in den Innenhof einbogen. Kein Mensch war zu sehen, und es war so still wie in einem Museum.

Melanie und Huizman stiegen aus, im selben Augenblick öffnete sich eine Tür am Bauernhaus, und ein junger, kräftiger Mann trat heraus. Er hatte kurzes, dunkelblondes Haar und auffällig blaue Augen. Ohne Hast ging er auf sie zu und streckte ihnen seine Hand entgegen.

"Markus Helwig... Sie sind sicher von der Polizei..."

Huizman ergriff sie als erster.

"Hauptkommissar Huizman... meine Kollegin, Kriminalkommissarin Melzer..."

Helwig schüttelte Huizman zerstreut die Hand, seine Augen waren bereits zu Melanie weitergewandert. Unverwandt und ohne zu blinzeln sah er sie an. Ihre Hände glitten ineinander.

"Ich bin froh, daß Sie hier sind..."

Huizman warf einen erstaunten Blick auf die beiden.

"Wenn ich richtig verstanden habe, handelt es sich bei dem Toten um Ihren Vater..."

Helwig ließ Melanies Hand los und wandte sich wieder Huizman zu. In seinem Blick war etwas Entrücktes, als bewegte er sich in einem Traum.

"Ja, mein Vater... er liegt dort drüben im Stall..."

Er drehte sich um und ging ihnen langsam voraus. Je näher sie dem Stall kamen, desto deutlicher waren die Kühe zu vernehmen, die ganz offensichtlich äußerst unruhig waren. Das klägliche Muhen und Scharren wurde plötzlich sehr laut, als Helwig die Stalltür zur Seite schob. Die Tiere in ihren Boxen hoben die Köpfe und drückten gegen die Eisenstangen, die ihnen den Weg zur Freiheit versperrten, als der junge Bauer mit seinen Besuchern an ihnen vorbei schritt, sie tätschelte und beruhigend auf sie einredete, jedoch ohne damit etwas zu erreichen.

Ganz hinten, in einer leeren Box, auf strohbedecktem Boden, lag steif und starr der alte Bauer auf dem Rücken. Auch wenn er wie all die anderen Opfer äußerlich unverletzt schien, boten sein ausgezehrtes, von scharfen Falten zerklüftetes Gesicht, sein Stoppelbart und seine langen, grauen, ungepflegten Haare einen erschreckenden Anblick, und seine gebleckten, schadhaften Zähne mit den weit offenen, wie in Panik erstarrten Augen erinnerten an die Fratze eines Wolfes, der zum Sprung ansetzt. Und trotz der tierischen Ausdünstungen war deutlich noch ein anderer Geruch wahrnehmbar, er roch stark nach Alkohol.

Während der Sohn aus sicherer Distanz unbewegt auf seinen Vater hinabblickte, sahen sich Melanie und Huizman verstört an. Hatten sie es überhaupt mit einem ihrer Fälle zu tun, oder war hier ein schwerer Alkoholiker ohne fremdes Verschulden zu Tode gekommen? Huizman ließ seine Augen rasch über den Körper wandern und stellte fest, daß der Gürtel zwar geschlossen, das Ende aber nicht durch die Schnalle gesteckt war. Das mußte nichts bedeuten, doch wenn das ihr fünfter Fall war, hatte der Täter oder die Täterin vermutlich versäumt, den Gürtel wieder korrekt zu schließen, nachdem er oder sie die Hose herunter gezogen hatte, um an das Becken zu kommen. So oder so – weitere Aufschlüsse waren nur von der Spurensicherung zu erwarten und natürlich von der Pathologie.

Huizman richtete sich auf und wandte sich an Helwig. Aus den Augenwinkeln beobachtete er, wie Melanie den jungen Bauern förmlich fixierte.

"Wer hat ihn gefunden? Und wann?"

Helwig trat einen Schritt näher, er wirkte auf einmal sehr müde.

"Es war unsere Hilfskraft, Miguel..."

"Hätte man ihn früher als Knecht bezeichnet?"

Ein schwaches Lächeln umspielte Helwigs Mund.

"Wahrscheinlich... er hat ein lahmes Bein, aber er arbeitet schon seit dreißig Jahren für uns... mein Vater kümmerte sich nur um die Kühe und ging frühmorgens immer als erstes in den Stall... heute hat er ihn so gefunden..."

"Könnte es Streit gegeben haben?"

Helwig schüttelte den Kopf, sein Lächeln verstärkte sich.

"Er war ihm treu ergeben... außerdem... wer sagt denn, daß mein Vater umgebracht wurde... er war schwerer Alkoholiker..."

"Der Verdacht ist uns auch schon gekommen... und wie es aussieht, ist er schon länger als ein paar Stunden tot..."

Die Unruhe der Kühe hatte nicht nachgelassen, Melanie faßte Huizman am Arm.

"Hör mal, Rick, sollten wir nicht unsere Leute bitten, sich zu beeilen? Der Tote versetzt die Tiere in Panik..."

"Ja, du hast recht..."

Er drehte sich wieder zu Helwig herum.

"Ist Miguel im Haus?"

"Nein, er ist auf den Feldern..."

"Wer ist denn sonst hier von Ihrer Familie?"

"Nur meine Mutter..."

Huizman nickte, zog sein Telefon aus der Tasche und wandte sich zum Gehen.

"Bleib du hier bei Herrn Helwig... ich mach' denen mal Beine und rede mit der Mutter..."

Als Huizman draußen eine Nummer wählte, trafen die Fahrzeuge der Spurensicherung gerade ein. Er ging auf seine Kollegen zu.

"Der Tote liegt da hinten im Stall... Melanie und der junge Bauer sind bei ihm... seht zu, daß ihr vorankommt, die Kühe sind sonst nicht mehr zu bändigen..."

Die Leute von der Spurensicherung nickten, packten ihre Geräte aus und wirkten in ihren weißen Anzügen wie

Astronauten beim Erkunden eines neuen Planeten. Huizman sah ihnen nach und suchte nach der Eingangstür zum Bauernhof. Es gab eine Klingel, die nicht funktionierte, also versuchte er es mit lautem Klopfen. Es dauerte eine Weile, bis die Tür aufging, dann blickte er in ein verhärmtes Frauenantlitz mit wachen, prüfenden Augen. Er trat einen Schritt zurück, um nicht bedrohlich zu erscheinen, und setzte ein verbindliches Lächeln auf.

"Frau Helwig? Ich bin Hauptkommissar Huizman, wir haben bereits mit Ihrem Sohn gesprochen..."

Die Frau musterte Huizman gründlich, dann öffnete sie die Tür ganz. Sie war klein und mager, strahlte jedoch eine erstaunliche Energie aus.

"Ich weiß, ich habe Sie draußen gesehen... kommen Sie herein..."

Sie ging ihm mit festen Schritten in das finstere Wohnzimmer mit den kleinen Fenstern voraus, das kälter schien, als es draußen war. Womöglich gab es nicht einmal eine Zentralheizung, Huizman konnte auf den ersten Blick keine Heizkörper entdecken. Mit dem uralten, fleckigen Eßtisch, den selbst gefertigten, wackligen Stühlen und der Sitzecke aus wurmstichigen Holzbänken, auf denen abgewetzte Kissen lagen, widerspiegelte das Wohnzimmer den verfallenen Gesamtzustand des Gehöfts.

Die Bäuerin deutete auf eine der Holzbänke und setzte sich kerzengerade auf die andere. Auf die Idee, ihm etwas zu trinken anzubieten, kam sie offenbar nicht.

"Wenn Sie Tränen erwarten, muß ich Sie enttäuschen, mein Mann hat uns allen das Leben zur Hölle gemacht..."

Huizman nickte bedächtig.

"So, wie es aussieht, war er schwerer Alkoholiker..."

"...und gewalttätig... seit sein älterer Bruder vor fünfzehn Jahren gestorben ist, der einzige Mensch, zu dem er aufblickte, ließ er sich von niemand mehr etwas sagen..."

Ihre Augen weiteten sich vor Wut.

"Haben Sie diesen Kuhstall gesehen? Obwohl er genau wußte, daß wir zu klein sind, um wie früher von der Milchwirtschaft zu leben, klammerte er sich wie ein Ertrinkender an seine Rinder... wir stecken ganz tief in den roten Zahlen..."

"Was ist mit Ihrem Sohn, ist er das einzige Kind?"

Ihre Schultern zuckten, und ihre Augen röteten sich.

"Der arme Junge, ich weiß gar nicht, wie er das ausgehalten hat... zweimal war er verlobt, doch nachdem die Frauen meinen Mann kennengelernt hatten, ließen sie sich nie mehr blicken..."

Sie wischte sich mit dem Handrücken über die Augen.

"Meine beiden Töchter waren schlauer, kaum waren sie alt genug, haben sie in die Stadt geheiratet..."

Huizman ließ sie eine Weile ihren Gedanken nachhängen, bevor er weiterfuhr.

"Frau Helwig, wir wissen zwar noch nicht genau, wie Ihr Mann ums Leben kam, doch wir vermuten, daß jemand nachgeholfen hat..."

Aus ihrem Mund kam ein Laut wie ein Gurgeln, das in ein schrilles Lachen überging.

"Nachgeholfen? Mein Mann hatte mehr Feinde, als ich an zwei Händen abzählen kann... Schlägereien, Beleidigungen, krumme Geschäfte... es war nur eine Frage der Zeit, wann es ein böses Ende nimmt mit ihm..."

"Frau Helwig, wann haben Sie Ihren Mann zum letzten Mal gesehen?"

Die Bäuerin verzog angewidert das Gesicht.

"Geht es um mein Alibi? Derjenige, der dem ein Ende gemacht hat, verdient eine Belohnung..."

Sie rang nach Atem und gewann ihre Fassung wieder.

"Aber gut... um halb sechs gab es bei uns Essen, dann habe ich noch etwas Buchhaltung gemacht... so gegen neun habe ich mich in mein Zimmer eingeschlossen..."

"Sie hatten kein gemeinsames Schlafzimmer?"

Die Vorstellung ließ sie laut auflachen.

"Schon seit Jahren nicht mehr... ein paarmal hat er die Tür eingetreten, jetzt ist sie aus Metall..."

"Sie wollen damit sagen, daß Sie Ihren Mann so um neun Uhr zum letzten Mal lebend gesehen haben..."

"Wenn man das <lebend> nennen will, ja..."

Huizman überschlug in Gedanken, ob weitere Fragen sinnvoll waren, doch selbst wenn diese Frau tausend gute Gründe hatte, ihren Mann umzubringen, verhielt sie sich seiner Einschätzung nach nicht wie eine Täterin. Er erhob sich und blieb abwartend stehen.

"Das war's fürs erste... wir melden uns wieder, sobald wir neue Erkenntnisse haben..."

Die Bäuerin stand ebenfalls auf und sah ihm gerade in die Augen.

"Glauben Sie mir, ich wünschte, *ich* hätte es getan... jetzt muß ich mich für den Rest meines Lebens meiner Feigheit schämen..."

Huizman trat einen Schritt auf sie zu und faßte sie leicht am Arm.

"Sagen Sie das nicht... seien Sie froh, daß Ihnen jemand diese Last abgenommen hat... ich weiß, wovon ich rede..."

Er ließ seine Hand sinken.

"Bleiben Sie ruhig hier... ich finde allein hinaus..."

Huizman durchmaß mit langen Schritten das Wohnzimmer, während die Bäuerin sich wieder hinsetzte und ihm mit leerem Blick folgte.

Draußen hatte es etwas aufgehellt, ohne daß sich die Sonne zeigte. Huizman atmete tief die frische Luft ein, die kurze Zeit in der kalten, düsteren Wohnstube mit der alten Bäuerin, in der so viel Gram, Haß und Verbitterung steckte, hatte ihm mehr zugesetzt, als ihm lieb war. Erleichtert bemerkte er, daß seine Kollegen von der Spurensicherung ihre Arbeit beendet hatten und gerade dabei waren, den Leichnam in ihr Fahrzeug zu wuchten. Melanie, die sich intensiv mit dem jungen Bauern unterhielt, sah auf, verabschiedete sich und kam ihm entgegen.

"Die sind alle ziemlich frustriert... der Regen hat sämtliche Spuren um den Stall herum verwischt, das Stroh drinnen verhindert jegliche Abdrücke, und am Toten klebt kein fremdes Haar..."

"Da können wir nur auf die Pathologin hoffen... hast du diesen Miguel noch befragt?"

"Ja, Markus hat ihn mit dem Handy herbeigerufen..."

Huizman konnte sich ein Schmunzeln nicht verkneifen.

"Markus?"

Melanie tat so, als ob sie seine Anzüglichkeit nicht bemerkte.

"Ja, Markus Helwig, der junge Bauer... Miguel ist völlig harmlos... im übrigen scheint der Tod bereits gestern nacht eingetreten zu sein..."

"...was wieder ganz neue Fragen aufwerfen würde..."

In Gedanken versunken schritten sie zu ihrem Dienstfahrzeug. Huizman hakte nochmal nach.

"Was hat denn der Sohn zum Tod seines Vaters noch gesagt?"

Melanie ließ sich Zeit, sie blickte ernst und ein wenig abweisend.

"Er hat mir ein paar Stories erzählt... wie er so war, was er alles Schlimmes angestellt hat..."

"Keine Hinweise, wer für die Tat – falls es denn eine war - in Frage kommt?"

"Nein, leider nicht... er scheint es kaum fassen zu können, endlich frei zu sein..."

"Genau wie seine Mutter... gibt es ein überzeugenderes Motiv?"

Sie waren beim Auto angekommen, und Melanie drehte sich zu Huizman um.

"Seien wir nicht zu voreilig... wir müssen offen sein und alles in Betracht ziehen... hast *du* doch gesagt..."

Sie wollte einsteigen, doch Huizman drückte seine Hand gegen die Tür.

"Sind wir noch ein Team? Sind wir noch Ermittler? Gibt es etwas, das du mir verschweigst? "

Melanie ließ überrascht den Türgriff los.

"Markus Helwig war sehr durcheinander..."

"Danach habe ich nicht gefragt..."

"...aber du denkst, er ist der Täter..."

Huizman seufzte und nahm die Hand von der Tür.

"Kann man das denn ausschließen?"

Melanie richtete sich auf und schob ihr Gesicht dicht an das von Huizman heran.

"Warum warten wir nicht ab, was Frau Dr. Gerlach sagt?"

Zögernd sah er sie an, und etwas im Ausdruck ihrer Augen weckte in ihm ein ungutes Gefühl, eine Art vage Vorahnung, es könnte irgendwo auf ihrem Weg, den sie gemeinsam gingen, eine Gefahr lauern, die sie zu entzweien drohte, und das bekümmerte ihn.

"Einverstanden..."

Huizman öffnete dezidiert die Tür zur Fahrerseite, an der sie standen, Melanie ging um das Auto herum und ließ sich unsicher auf den Beifahrersitz gleiten. Die Fahrzeuge der Spurensicherung waren bereits losgefahren, und als das Dienstfahrzeug mit den beiden Kriminalbeamten auf die Landstraße einbog, lag der Hof so verlassen da wie am frühen Morgen.

18

Im Lauf des Tages waren im Polizeipräsidium Meldungen von weiteren, ähnlichen Fällen eingegangen, mittlerweile über alle Bundesländer verstreut. Doch da die Todesumstände weiterhin unspektakulär blieben, Fremdeinwirkung erst einmal nachgewiesen werden mußte und man deshalb noch keine Anhaltspunkte für eine überregionale Bedrohung sah, kam es in den zuständigen Behörden noch zu keinen Panikreaktionen. Allerdings war es nur eine Frage der Zeit, bis die Medien davon Wind bekamen und einen viralen Flächenbrand entfachten.

Dennoch hatte man von ganz oben Frau Dr. Gerlach angewiesen, alles stehen- und liegenzulassen und sich als erstes Jakob Helwig vorzunehmen. Sie hatte schon viele übelriechende Tote auf dem Tisch gehabt, doch dann waren es entweder Wasserleichen, oder man hatte sie erst nach sehr langer Zeit gefunden. Dieser hier, so frisch er auch war, roch ekelerregend ungewaschen und durchdringend nach Alkohol. Da sie schon ahnte, worauf sie achten mußte, blieb ihr zunächst das Hantieren mit ihren Sägen und Messern erspart.

Während sie darauf warteten, daß die Pathologin ihre Arbeit beendete, gingen Huizman und Melanie in ihrem Büro nochmal die alten Akten durch, gleichzeitig war ein Antrag für zwei Durchsuchungen zu einem Richter unterwegs, der eine galt Lena König, der andere Markus Helwig. Ihnen war zwar nicht so ganz klar, was sie zu finden hofften und wozu die zweite Vernehmung führen sollte, doch falls die Untersuchung beziehungsweise Obduktion des alten Bauern das von ihnen insgeheim erwartete Resultat erbrachte, hatten sie zumindest einen neuen, gemeinsamen Ansatzpunkt.

Huizman hatte spontan erwogen, Melanie vorzuschlagen, daß er diesmal Markus Helwig übernehmen wollte und sie sich um Lena König kümmern sollte. Diese Überlegung hatte er jedoch schnell wieder verworfen, da sie diesen Tausch nach ihrem Gespräch vor der Abfahrt vom Tatort heute morgen garantiert als Mißtrauen ihr gegenüber interpretieren würde, und er wollte sie zum jetzigen Zeitpunkt auf keinen Fall verärgern. Doch woher rührte sein plötzlicher Argwohn, sie könnte einen Grund haben, Markus Helwig zu schützen? Und warum kam ihm auf einmal Lena König in den Sinn und wie er selbst durch seine stümperhafte Befragung den Eindruck erweckt hatte, er wolle ihr helfen? Seinen Aussetzer hatte er mit seinen rätselhaften Kopfschmerzen erklärt, aber hatte ihm Melanie wirklich geglaubt? Verhielt es sich in Wahrheit nicht so, daß *sie* allen Grund hatte, *ihm* zu mißtrauen?

In der Stille ihres Büros saßen sie sich an ihren Computern gegenüber, und wer die beiden nicht kannte, hätte zwei Polizeibeamte gesehen, die in voller Konzentration ihre Fälle durchforsteten, doch Melanie, die immer wieder über den oberen Rand ihres Laptops spähte, sah, wie die Augen ihres Partners öfter mal nach innen irrten, und wußte genau, daß er sich über etwas Gedanken machte. Sie dachte an heute morgen, wie er sie angesehen hatte, nachdem sie mit dem jungen Bauern allein gewesen war. Hatte er einen Verdacht, oder war er nur ungehalten, daß bei der Befragung so wenig herausgekommen war? Sie konnte ihn nicht fragen, ohne sich selbst in Bedrängnis zu bringen. Dieser Schwebezustand war schwer zu ertragen, und sie wünschte sich die Unbeschwertheit ihrer bisherigen Zusammenarbeit zurück.

Das Schrillen ihrer Telefone erlöste sie aus ihrem dumpfen Brüten, es war die Pathologin, die sie zu sich in den Untergrund bat.

Frau Dr. Gerlach, die bereits Gummihandschuhe trug, erwartete sie mit einem sphinxhaften Lächeln an der offenen Tür ihres Büros und führte sie wortlos in den Obduktionssaal, wo Jakob Helwig noch unversehrt auf einem Metalltisch lag. Obwohl die Abluftanlage mit voller Kraft lief, war der Gestank, der vom alten Bauern ausging, noch deutlich zu riechen. Die Pathologin ging um den Tisch herum, stellte sich den beiden Kriminalbeamten gegenüber und verzog gequält das Gesicht.

"Für das, was ich Ihnen zeigen will, müssen wir hier nicht lange ausharren..."

Huizman und Melanie nickten, beide bemüht, so flach wie möglich zu atmen, und die Ärztin fuhr fort.

"Ich habe natürlich sofort nach den beiden charakteristischen Malen gesucht und sie auch gefunden..."

Sie beugte sich vor, ihrerseits bestrebt, möglichst nicht einzuatmen, und drehte den Leichnam mit dem Gesicht zu sich herum. Mit der einen Hand hielt sie ihn an der Schulter fest, mit der anderen wies sie auf zwei Rötungen, die eine links oberhalb vom Schulterblatt, die andere am Beckenkamm.

"Es handelt sich unzweideutig um zwei Einstiche, und zwar mittels zweier verschiedener Instrumente..."

Sie deutete auf die Stelle auf dem Rücken.

"Hier fand ich wieder eine starke Konzentration des Gifts, von ich beim letzten Opfer sprach..."

Ihr Finger fuhr durch die Luft und zeigte dann auf den Beckenkamm.

"...und hier verschaffte man sich Zugang mit einer Hohlnadel..."

Angeekelt ließ sie den Leichnam wieder auf den Rücken rollen.

"Den Rest besprechen wir lieber in meinem Büro..."

Sie schaltete die Abluft aus, zog rasch ihre Gummihandschuhe aus und floh förmlich in ihr Büro. Huizman und Melanie hatten es nicht minder eilig. Als sich alle gesetzt hatten, beugte sich Huizman vor.

"Frau Dr. Gerlach, Sie können sich sicher vorstellen, daß von Ihren Ausführungen eine Menge abhängt..."

Die Pathologin hatte wieder ihr vorsichtiges, vogelhaftes Wesen angenommen.

"Das ist mir klar... nur erwarten Sie keine Wunder..."

Melanie rückte sich unruhig in ihrem Stuhl zurecht.

"Uns reicht erstmal, wenn Sie uns das Wesentliche verständlich zusammenfassen..."

Die Ärztin seufzte und lehnte sich zurück.

"So, wie es aussieht, wurden die beiden letzten Opfer mit demselben Gift getötet, und beiden wurde aus dem Beckenkamm offenbar Stammzellenflüssigkeit entnommen..."

Huizman machte eine gereizte Handbewegung.

"Dieses Gift... können Sie schon mehr darüber sagen?"

Frau Dr. Gerlach zögerte.

"Es ist organischer Art..."

"Organischer Art? Wie sollen wir das verstehen?"

"Es stammt nicht aus dem Labor, und es stimmt in weiten Teilen mit unserem Blut überein..."

Melanie und Huizman schüttelten verwirrt die Köpfe, dann sah Melanie die Ärztin lange an.

"Haben Sie eine Erklärung dafür? Kann man aus Blut ein solches Gift gewinnen?"

Beinahe amüsiert schüttelte die Pathologin den Kopf.

"Das scheint mir unmöglich... außerdem bietet die Chemie effizientere Möglichkeiten..."

Huizman schob nervös seinen Stuhl nach hinten.

"Und was ist mit diesen Stammzellen? Ist es denkbar, daß sich ein oder mehrere Täter auf diese Weise einen Vorrat für den Schwarzmarkt anlegen?"

Ratlos verschränkte Frau Dr. Gerlach ihre Hände.

"Das habe ich mir auch schon gedacht... doch die entnommene Menge ist in beiden Fällen so gering, vielleicht eine Kanüle, daß sie kaum ins Gewicht fällt..."

Huizman stützte sich mit den Ellbogen auf die Knie und rieb sich nervös übers Gesicht

"...und damit ist auch das Motiv für einen Mord hinfällig... um an Stammzellen zu gelangen, reicht es doch, das Opfer nur zu betäuben..."

Melanie dachte nach und wagte einen letzten Vorstoß.

"Wenn das Gift so gut wie unbekannt ist, kann es doch eigentlich bloß einen Täter oder eine Täterin geben..."

"Und wie erklären Sie sich die vielen Fälle, die sich jetzt überall fast parallel ereignen?"

Trotzig hielt Melanie dagegen.

"Es ist noch lange nicht erwiesen, daß es sich um die gleichen Verbrechen handelt..."

Ungehalten richtete sich Huizman wieder auf.

"Wir drehen uns im Kreis..."

Er legte Melanie eine Hand auf die Schulter und stand auf.

"Komm Melanie, wir gehen in Ruhe alles nochmal durch..."

An der Tür wandte er sich mit schiefem Lächeln nochmal an die Pathologin.

"Haben Sie Geduld mit uns... mit Ihrer Hilfe lösen wir auch diesen Fall..."

Frau Dr. Gerlach hatte ihre Arme locker auf die Lehnen ihres Drehstuhls gelegt, und wieder erschien wie zu Beginn ihr sphinxhaftes Lächeln.

"Betrachten Sie sich als Teil dieses Rätsels, dann kommen Sie der Sache auf die Spur..."

Huizman starrte sie an, er war nicht sicher, ob sie sich über sie lustig machte oder aus unerklärlichen Gründen etwas zurückhielt.

In ihrem Büro lagen die beiden Durchsuchungsbefehle, und Huizman informierte sofort Holger Brand, daß er mit seiner Hilfe rechne, dann ließen sie sich in ihre Sessel fallen und starrten erstmal ins Leere.

19

Huizman fuhr im Auto der Staatsanwaltschaft mit. Zusammen mit dem Fahrer waren sie zu viert, und alle gaben sich wortkarg. Das lag nicht nur daran, daß sie in aller Herrgottsfrüh aufgebrochen waren, um mindestens eine Stunde vor Öffnung des Supermarkts in dem kleinen Grenzort zu sein, es hatte mehr damit zu tun, daß keiner so recht wußte, wonach sie eigentlich suchten. Das kurze Briefing am Vorabend war unbefriedigend verlaufen, die Auskünfte von Melanie und Huizman zu den fünf Fällen erschienen den Leuten von der Staatsanwaltschaft, die es gewohnt waren, mit Fakten umzugehen, lückenhaft und wenig plausibel für eine solche Durchsuchungsaktion, doch da die Anordnung von ganz oben kam, hielten sie sich zurück mit kritischen Kommentaren. Besonders Huizman wirkte angefressen, er wußte, wie gerne man sie bei der Mordkommission belächelte, wenn sie es mit dem Bauchgefühl übertrieben, auch wenn sich oft genug eine schwache Ahnung als Schlüssel zur Lösung eines ihrer Fälle herausgestellt hatte.

Als sie vor dem Supermarkt ankamen, winkte ihnen der junge Polizist Holger Brand aufgeregt zu, diesmal wieder in Uniform, und als sie neben ihm anhielten, fuchtelte er mit den Armen und brachte keinen verständlichen Satz hervor.

"Es ist etwas... es hat sich..."

Er nahm sich zusammen und begann von vorne.

"Lena König ist heute nicht zur Arbeit erschienen..."

Huizman streckte unwillig den Kopf aus dem Fenster.

"Haben Sie auch bei ihr zu Hause nachgeschaut?"

"Ja, aber da hat sich auch niemand gemeldet..."

"Es hat sich niemand gemeldet, oder sie war nicht da?"

Holger Brand lief rot an.

"Es hat sich niemand gemeldet..."

Die Leute von der Staatsanwaltschaft sahen unbewegt vor sich hin und verkniffen sich das Feixen, doch auch wenn das Verschwinden der Tatverdächtigen ein Rückschlag war, bedeutete es zugleich, daß irgendetwas faul war an der Sache und Huizmans Nase ihn nicht getrogen hatte. Mürrisch sah Huizman zu Holger Brand auf, der mit weit aufgerissenen Augen auf Anweisungen wartete.

"Schon gut... dann sagen Sie doch mal den Angestellten Bescheid und lassen den Hausmeister das Büro aufschließen..."

Der junge Polizist war heilfroh, etwas zu tun zu haben.

"Wird gemacht..."

Im Eilschritt war er im Eingang verschwunden, und der Fahrer parkte in aller Ruhe ein. Die Beamten der Staatsanwaltschaft packten ihre Gerätschaften aus und folgten Huizman in den Supermarkt.

Die Lieferanten waren bereits wieder zugange, die Azubis räumten die Waren ins Lager, und vor dem Büro hatten sich Anita Kambach und Gabriele Simon aufgebaut, die den jungen Ortspolizisten hart bedrängten, der tapfer den Eingang verteidigte. Die jüngere der beiden Angestellten meldete sich sofort zu Wort.

"Was soll das heißen, wir dürfen da nicht rein? Wissen Sie, was das bedeutet?"

Huizman blieb dicht vor ihr stehen.

105

"Jetzt beruhigen Sie sich erstmal... von der Firma ist jemand unterwegs, der das hier regeln kann, und die Lieferanten wissen auch Bescheid..."

Anita Kambach gab nicht so leicht auf.

"Bloß weil unsere neue Leiterin krank ist, führen Sie sich hier auf... was genau suchen Sie eigentlich?"

"Wir wollen uns nur im Büro umsehen... dauert nur ein halbe Stunde..."

Er deutete mit dem Kopf in Richtung Verkaufsräume.

"Sie haben doch sicher allerhand zu tun... wir rufen Sie, sobald wir hier fertig sind..."

Gabriele Simon, die sich bisher still verhalten hatte, nahm ihre junge Kollegin am Arm.

"Kommen Sie... lassen Sie die Herren ihre Arbeit machen..."

Huizman drehte sich erleichtert zu Holger Brand um.

"Am besten, Sie gehen vor der Wohnung von Frau König in Stellung... man kann nie wissen..."

Der junge Polizist sauste davon, und Huizman öffnete die Tür zum Büro.

"Wir brauchen auf jeden Fall eine Festplattenkopie des Geschäftscomputers, und suchen Sie nach Spritzen, Kanülen, Gummihandschuhen... Sie kennen ja den Fall..."

Die beiden Beamten gingen an Huizman vorbei, zogen sich Gummihandschuhe über, bauten ihre Geräte auf und begannen mit ihrer systematischen Durchsuchung.

20

Nach dem Briefing für die Beamten der Staatsanwaltschaft am Vorabend hatten sich Huizman und Melanie
mit einer gewissen Anspannung voneinander verabschie-
det und sich für den nächsten Tag Glück gewünscht. Beide spürten, daß sich etwas zwischen ihnen verändert hatte, doch beide scheuten eine offene Aussprache. Huizman, weil er seine Partnerin mit seinem Argwohn nicht
verprellen wollte, und Melanie, weil sie sich auf wunder-
same Weise von dem jungen Bauern angezogen fühlte,
dem sie nun mit der ganzen Wucht der ermittelnden Be-
hörde auf den Zahn fühlen sollte.

Es war mehr als physische Anziehung, die von Markus
Helwig ausging, es war etwas in seinen Augen, das sie
aufgewühlt und in ihr zugleich eine Empfindung hervor-
gerufen hatte, die sie ängstigte, als hätte er sie mit einem
Bann belegt, eine Art unausgesprochene Erwartung an
sie, eine Handlung zu begehen, eine Grenze zu über-
schreiten, die noch im Nebel lag. Es hing mit ihrer nächtlichen Vision zusammen und mit den mysteriösen Unter-
suchungsergebnissen ihrer fünf Fälle. Sie ahnte, daß sie
kurz davor war, die Zusammenhänge zu begreifen, doch
dazu mußte sie ihn wiedersehen und unter allen Umständen verhindern, daß er, ob schuldig oder nicht, in die Fän-
ge der Polizei geriet. Als sie in dem Lokal *Wrap It!* auf
ihre Bestellung wartete, rief sie mit einem Prepaid-Handy,
das sie irgendwann spontan gekauft hatte, ohne darüber
nachzudenken, wofür sie es mal brauchte, im Bauernhof
an und informierte ihn über die morgige Razzia.

Als sie jetzt in Begleitung der beiden Beamten der
Staatsanwaltschaft frühmorgens in Ermangelung einer
Klingel an der Tür des Bauernhofs klopfte, öffnete ihnen

Markus Helwig selbst. Melanie Melzer vermied es, ihn direkt anzuschauen, weil sie fürchtete, ihre Blicke könnten sie verraten. Der ältere der beiden Beamten trat vor.

"Herr Markus Helwig?"

Der junge Bauer wollte offensichtlich gerade zu den Stallungen hinüber gehen.

"Ja, bin ich..."

Der Beamte hielt ihm den von einem Richter unterschriebenen Durchsuchungsbeschluß unter die Nase.

"Im Zusammenhang mit dem ungeklärten Tod ihres Vaters möchten wir Sie bitten, uns bei unserer Durchsuchung zu unterstützen, das gilt auch für alle anderen Personen in diesem Haushalt..."

Bevor der junge Bauer darauf antworten konnte, schob ihn von hinten seine Mutter zur Seite.

"Was ist hier los? Was wollen diese Leute?"

Melanie fragte sich, ob Helwig seine Mutter in den Anruf eingeweiht hatte. Falls ja, spielte sie ihre Rolle sehr überzeugend, falls nicht, reagierte sie genau richtig, um keinen Verdacht einer Komplizenschaft aufkommen zu lassen. Ihr Sohn schien ehrlich überrascht von ihrem Ungestüm und versuchte vergebens, sie zu beschwichtigen.

"Mutter, sie kommen von der Staatsanwaltschaft... sie tun nur ihre Pflicht..."

"Ihre Pflicht? Hat Ihnen der Kommissar nicht von den vielen Feinden erzählt, die mein Mann hatte? Suchen Sie immer den bequemsten Weg?"

Der Wortführer der beiden Beamten war diese Art von Unannehmlichkeiten gewohnt.

"Frau Helwig, ich darf Sie versichern, wir verrichten vollkommen unvoreingenommen unsere Arbeit..."

Der jüngere Beamte beugte sich eifrig vor.

"Es handelt sich gewissermaßen ja auch nur um ein Ausschlußverfahren..."

Während der ältere Beamte seinen Kollegen mit einem finsteren Blick bedachte, lehnte sich der junge Bauer mit einem verhaltenen Lächeln an den Türrahmen.

"Das heißt, Sie wollen sicher sein, daß wir es nicht waren, bevor Sie weitere Ermittlungen anstellen..."

Der jüngere Beamte öffnete den Mund, doch Helwig kam ihm zuvor.

"Schon gut... kommen Sie rein..."

Aufreizend langsam machte er die Tür frei und wandte sich an seine Mutter.

"Sei friedlich und tu, was sie sagen, wir haben nichts zu verbergen..."

Der ältere Beamte nickte dem jüngeren zu, doch bevor sie die Türschwelle überquerten, meldete sich Melanie zu Wort. Die ganze Zeit über war sie einem längeren Blickkontakt mit Helwig ausgewichen, dennoch spürte sie, wie das Band, das zwischen ihnen gewachsen war, sie immer enger umwand.

"Augenblick... fangen Sie ohne mich an... ich habe an Herrn Helwig noch ein paar Fragen..."

Jetzt lächelte Helwig sie an, und sie wandte sich hastig an die Leute von der Staatsanwaltschaft.

"...aber vorher muß er seine Kleidung wechseln... unter Ihrer Aufsicht..."

Es dauerte eine Weile, bis er wieder heraus kam, seine neuen Klamotten unterschieden sich kaum von den alten. Er schien kein bißchen beunruhigt.

"Warum wollten Sie bei meinem Kleiderwechsel nicht dabei sein? Bin ich Ihnen nicht attraktiv genug?"

Melanie wurde es heiß, sie hoffte, daß sich ihre Wangen nicht röteten. Sie antwortete, ohne ihn anzusehen.

"Es ist nicht die Zeit für Scherze..."

Ohne sich dessen bewußt zu sein, schlugen sie beide den Weg zum Kuhstall ein, ein Gefühl der Vertrautheit wuchs in der Stille, und Helwig wurde wieder ernst.

"Warum haben Sie mich gewarnt? Es könnte doch sein, daß ich schuldig bin..."

Melanie hob unwillig den Kopf.

"Es ist unfair, mich das zu fragen, denn Sie kennen die Antwort..."

"Ach ja? Und die wäre?"

Sie waren an der Stalltür angekommen, und Melanie faßte sich ein Herz.

"Schluß mit den Spielchen... Sie wissen wie ich, es ist etwas zwischen uns, seit wir uns zum ersten Mal sahen..."

Helwigs Hand ruhte auf dem Griff der Schiebetür und sein Blick auf Melanies aufgewühltem Gesicht.

"Lassen Sie uns drinnen weiterreden..."

Er schob die Tür auf, und augenblicklich wurden sie von den Gerüchen, Geräuschen und der Wärme der Kühe umweht. Miguel war gerade dabei, die letzte Kuh von den Saugrohren der Melkmaschine zu befreien. Der junge

Bauer ging auf ihn zu und legte ihm eine Hand auf die Schulter.

"Ich mache hier weiter, geh du schon voraus auf die Felder..."

Miguel nickte, brachte die Gerätschaften an ihren Platz, packte die volle Milchkanne und humpelte hinaus. Nach einem raschen Blickwechsel betraten sie die leere Box, in der man den alten Bauern gefunden hatte, und stellten sich nebeneinander. Helwig behielt den Eingang im Auge und streifte Melanie mit einem raschen Blick.

"Es ist nicht einfach für mich, schließlich sind Sie noch immer Polizistin..."

Melanie ließ ein gezwungenes Lachen hören.

"Nach meinem Anruf hat sich das wohl erledigt..."

Sie legte sachte ihre Hand auf die von Helwig, die sich an der Stange abstützte.

"Dann machen wir es doch anders herum... ich sage, was ich weiß, und Sie geben mir ein Zeichen..."

Er nickte wortlos, und sie fuhr fort.

"Von der Pathologin wissen wir, daß Ihr Vater mit einem Gift umgebracht wurde, das Merkmale menschlichen Bluts enthält, und aus seinem Beckenkamm hat man Stammzellen entnommen..."

Sie sahen sich an, und in seinen Augen las sie sein Geständnis.

"Warum?"

"Ich weiß es nicht... ich hatte Visionen, schon seit Jahren... das hat nichts mit der Bösartigkeit meines Vaters zu tun, aber es hat geholfen, die Tat zu vollbringen..."

"Und das Gift?"

"Ein Tropfen von meinem Blut..."

"Mehr nicht?"

Er schüttelte den Kopf.

"Es ging alles blitzschnell, er hat nicht gelitten..."

"Was ist mit den Stammzellen?"

Helwig wirkte gequält, aber auch befreit, darüber reden zu können.

"Die habe ich mir selbst gespritzt... es war wie unter einem Zwang..."

Melanie drückte seine Hand und fühlte deutlich ihre eigenartige Verbundenheit. Sie merkte gar nicht, daß sie zum Du überging und nur noch flüsterte.

"Und wozu soll das gut sein?"

"Wenn ich das wüßte..."

"Spürst du eine Veränderung?"

Wieder schüttelte er den Kopf, dann wandte er sich mit wildem Blick Melanie zu.

"Warum fragst du mich das alles, du weißt doch selbst, daß du dazugehörst..."

Ahnungsvoll drehte sich Melanie zu ihm um, er faßte sie an den Armen, und sie sahen sich unverwandt an.

"...man kann es in deinen Augen sehen..."

"Und was sind das für Menschen, die dazugehören?"

"Wir sind viele, nicht alle trauen sich, doch alle, die es getan haben, halten sich im Verborgenen..."

"Ich kenne bisher nur fünf Fälle..."

Jetzt war es an Helwig, gezwungen aufzulachen.

"Herzstillstand ist eine verbreitete Todesursache... viele alte Menschen wurden nie untersucht..."

Etwas in Melanie gab nach, und sie ließ sich ganz in seine Arme sinken.

"Markus, was geschieht mit uns?"

"Ich weiß es nicht... ich weiß nur, daß wir zusammengehören..."

"Dann muß ich es auch tun, aber ich möchte vorher wissen, warum..."

Lange verweilten sie in einer innigen Umarmung, dann meldeten sich bei Melanie ihre Ängste zurück.

"Was ist, wenn diese Schnüffler etwas finden?"

Helwig hielt sie wieder an beiden Armen fest, in seinem Lächeln war keine Spur von Furcht.

"Im Haus finden die sowieso nichts, sie wissen ja nicht einmal, wonach sie suchen..."

Auch in Melanie wuchs wieder die Zuversicht.

"Komm, gehen wir, bevor sie fertig sind und mißtrauisch werden..."

21

Sie waren schon fast zwei Stunden mit dem Auto unterwegs, und ihre Laune hob sich mit jeder Minute, die sie von ihrem Wohnort fortbrachte. Lena König reichte die Wasserflasche Martin Fehr hinüber, der entspannt am Steuer saß und ihr in stillem Einvernehmen zulächelte. Sie hatten die Autobahn vor geraumer Zeit verlassen und fuhren auf gut ausgebauten Landstraßen ihrem Ziel entgegen. Schon jetzt zogen sich gelegentlich ausgedehnte Rebberge die Hügel hinauf, doch das eigentliche Weingebiet hatten sie noch nicht erreicht.

Als gestern abend der Dorfpolizist Holger Brand angerufen hatte, um sie vor der Durchsuchung zu warnen, waren sie beide seltsam ruhig geblieben, nicht nur, weil Lena vollkommen sicher war, daß man bei ihr nichts finden würde, sondern weil ihnen klar wurde, daß es jetzt an der Zeit war, den Schritt zu tun, den sie schon länger geplant hatten. Auch wenn Lenas plötzliches Verschwinden zweifellos als Schuldeingeständnis gewertet wurde, würden die Verdachtsmomente nicht ausreichen, um sie zur Fahndung auszuschreiben.

Und sogar dafür hatte sie vorgesorgt. Bevor sie in die kleine Grenzstadt gezogen war, hatte sie sich falsche Papiere machen lassen, aus ihrem Geburtsnamen Lea Krieger wurde Lena König, und wenn sie sich jetzt woanders, wieder unter ihrem richtigen Namen, ein neues Leben aufbaute, weit weg von dem gräßlichen Supermarkt, würde kein Mensch, der sie nicht zufällig vom Sehen kannte, eine Verbindung herstellen.

Eigentlich hätte es all dessen gar nicht bedurft, doch sie fühlte sich, ohne auch nur im geringsten diskriminiert worden zu sein, von klein auf als Außenseiterin, was mehr an ihrer Art lag, die Welt zu sehen, als von außen aufgezwungen, und dieses Doppelleben vermittelte ihr einen zusätzlichen Kick. Als sie dann eines Nachts im Schlaf eine Vision hatte, nachdem sie Martin Fehr schon eine Weile kannte, die ihr genau vorgab, was sie tun mußte, war ihr schlagartig bewußt geworden, worauf sie sich die ganze Zeit vorbereitet hatte, ohne es zu wissen, und war dankbar dafür, sich so elegant aus der Situation herauswinden zu können.

Für Martin stellten sich die Umstände ähnlich dar, doch die Verdachtsmomente in seinem eigenen Fall wogen weit weniger schwer als bei Lea, deshalb befand er sich augenblicklich nicht im Fokus der Polizei. Das hatten sie Holger Brand zu verdanken, der in seiner kindlich anmutenden Verliebtheit in Lea nicht bereit war, der Mordkommission zu verraten, daß sie ein Verhältnis miteinander hatten. Zu Martins Erleichterung waren jetzt Osterferien, sodaß es nicht auffiel, wenn er ein paar Tage verreiste.

Ein Onkel von ihm besaß im Süden ein Weingut, das er mit seiner Frau und einem seiner Söhne bewirtschaftete. Mit Tom, seinem Cousin, war er eng befreundet, dessen Bruder, Ben, hatte Physik studiert, blieb aber seiner Heimat verbunden. Als einziger in der Familie war Tom anders, und dank seiner Frau Loretta, die früher in einem Altersheim gearbeitet hatte, war er wie sie völlig unbemerkt zu seiner <Initiation> gekommen, wie sie es nannten. Zwei sehr alte und kranke Insassen ohne Familienanhang, ein Mann und eine Frau, fand man eines Tages nach Herzstillstand friedlich in ihren Betten, und niemand kam auf die Idee, eine Untersuchung zu ihrer Todesursache anzustellen. Mittlerweile hatten sie zwei Kinder, ein Mädchen und einen Jungen, und beide waren mit Begeisterung in den Rebbergen unterwegs, wann immer man sie ließ.

Martin hatte schon früh versucht, Lea schmackhaft zu machen, auf das Weingut zu ziehen und dort zu leben. Das Familienunternehmen brauchte dringend Verstärkung, und sie waren jederzeit willkommen. Lea war verblüfft, daß dieser Traum eine Saite in ihr zum Klingen brachte, von der sie gar nichts wußte, und jetzt war es soweit. Tom und Loretta wußten natürlich Bescheid, und Lea betete im stillen, daß man sie genauso herzlich aufnahm, wie Martin es prophezeite. Für den Onkel und die Tante würde ihnen schon eine Erklärung einfallen, warum ihr Umzug so überhastet geschah.

22

Frau Dr. Gerlach ordnete ihren Schreibtisch und klappte ihren Laptop zu, dann verweilte sie einen Augenblick in stiller Betrachtung. Gerade als sie aufstehen und ihren Arztkittel in den Kleiderschrank hängen wollte, klopfte es heftig an ihre Tür, und gleich darauf stand Melanie Melzer auf der Schwelle.

"Frau Dr. Gerlach? Haben Sie einen Moment Zeit?"

Die Pathologin faßte die junge Kommissarin scharf ins Auge, die ungewöhnlich aufgewühlt schien, und lächelte ihr beruhigend zu.

"Gewiß doch... ein paar Minuten meiner Freizeit schenke ich Ihnen gerne..."

Sie setzte sich wieder und wies auf einen der Stühle vor ihrem Schreibtisch.

"Aber nehmen Sie doch bitte Platz..."

Melanie setzte sich auf die äußerste Kante des Stuhls, als werde sie verfolgt und fürchtete, jederzeit wieder fliehen zu müssen. Unverwandt starrte sie die Ärztin an.

"Ich habe heute nochmal mit dem jungen Bauern gesprochen, Markus Helwig... Sie wissen schon..."

Die Pathologin nickte.

"Fahren Sie fort..."

Melanie sah sich unruhig um, dann rutschte sie auf dem Stuhl etwas nach hinten.

"Ich weiß nicht, wie ich anfangen soll... ich habe das Gefühl..."

Sie schüttelte den Kopf und setzte sich gerade hin.

"Auf die Frage, was der Täter oder die Täterin mit den entnommenen Stammzellen wollten, haben Sie nur sehr vage geantwortet..."

Frau Dr. Gerlach war plötzlich auf der Hut und wurde förmlich.

"Das ist richtig... wenn Sie bei Ihren Ermittlungen auf Verdachtsmomente stoßen, behaupten Sie ja auch nicht, es seien Beweise..."

Melanie lächelte nervös, doch sie fing sich allmählich.

"Das stimmt, aber wir sprechen es aus, wir diskutieren über diese Verdachtsmomente..."

"Was wollen Sie damit sagen?"

"Daß Sie uns etwas verheimlichen..."

Die Pathologin stützte sich mit ihren Ellbogen auf den Lehnen ihres Sessels ab, ihre Haltung versteifte sich.

"Das ist eine schwere Anschuldigung..."

Melanie lehnte sich zurück und legte ihre Hände auf die Knie.

"Ich bin weit davon entfernt, Sie zu beschuldigen... im Gegenteil, ich flehe Sie an... sagen Sie mir die Wahrheit... ich kann sie in Ihren Augen sehen..."

In der Ärztin ging etwas vor, das sich nur verzögert nach außen übertrug. Auch sie lehnte sich zurück und knöpfte ihren Kittel auf, als sei ihr plötzlich zu heiß geworden, dann forschte sie lange in Melanies Gesicht.

"Also gut... stellen Sie Ihre Fragen..."

Erregt beugte sich Melanie vor.

"In allen unseren Fällen bringen Menschen andere Menschen mittels eines Tropfens ihres Bluts um und spritzen sich deren Stammzellen...."

Frau Dr. Gerlachs Stimme war kaum zu vernehmen.

"Hat Ihnen das Markus Helwig verraten?"

"Ja, und bei den anderen Fällen und manchen Todesursachen durch Herzstillstand, die nicht untersucht wurden, verhält es sich wohl genauso..."

"Und jetzt wollen sie wissen, warum sie das tun..."

Sie lehnte sich nach vorne, verschränkte ihre Hände auf dem Schreibtisch und sah Melanie in die Augen.

"Bevor ich antworte, möchte ich eines wissen..."

"Alles, was Sie wollen..."

"Fragen Sie als Kommissarin oder als Betroffene?"

"Als Betroffene?"

"Tun Sie doch nicht so..."

"Dann als Betroffene..."

Die Ärztin atmete tief durch, und ein leidender Zug erschien auf ihrem Gesicht.

"Es sind Mutationen entstanden... diese Menschen sind kerngesund, leiden an keinen Zivilisationskrankheiten und arbeiten gerne auf dem Land..."

Ein kleines boshaftes Lächeln umspielte ihren Mund.

"Das dürfte Ihnen ja bekannt sein..."

Melanie ignorierte diese Anspielung.

"Und weiter?"

"...aber sie können sich nicht fortpflanzen..."

"Woher wissen Sie das?"

Der schmerzliche Zug in Frau Dr. Gerlachs Gesicht verstärkte sich.

"Aus eigener Erfahrung... ich habe es vergeblich mit legalen Stammzellen versucht... es geht nur mit einem Tropfen Blut im fremden Blut, erst dann beheben die Stammzellen den Mangel..."

"...und der Spender oder die Spenderin stirbt..."

"So ist es, deshalb habe ich es selber nie gewagt..."

"Warum haben Sie nicht weiter daran geforscht?"

Aus der Ärztin brach ein gequältes Lachen hervor.

"Was glauben Sie, was passiert, wenn die Öffentlichkeit von diesen Mutationen erfährt? Die Föten würden noch im Mutterleib getötet..."

"Und wer bestimmt, wer leben darf?"

Die Pathologin entspannte sich ein wenig.

"Es ist ein bißchen wie vor zwei Millionen Jahren... da gab es auch eine Mutation... im Erbgut des Menschen ersetzte das Guanin das Cytosin, und sein Hirn fing an zu wachsen... seitdem hat er eine Menge zustandegebracht, doch er ist immer noch unfähig, mit seinesgleichen in Frieden zu leben, und er ist dabei, die Erde unwiederbringlich zu zerstören..."

Melanie sah sie nachdenklich an.

"Ist es nicht das, was in der Bibel steht? <Adam und Eva aßen vom Baum der Erkenntnis und wurden aus dem Paradies vertrieben>?"

Die Ärztin nickte, Spottlust in den Augen.

"Oh ja, der berühmte Sündenfall... doch statt <sie sahen, daß sie nackt waren>, müßte es heißen, <sie sahen, daß die Erde nackt war, und sie fanden, sie hatten etwas Besseres verdient>..."

Melanie lehnte sich seufzend zurück.

"Soll also die Natur entscheiden, wie es weitergeht?"

"Es liegt ganz in Ihrer Hand..."

Langsam erhob sich Melanie von ihrem Stuhl, und Frau Dr. Gerlach beobachtete sie mit banger Erwartung. Melanies Lächeln war voller Melancholie.

"Ich danke Ihnen... ich glaube nicht, daß ich mir selber Schaden zufügen werde..."

An der Tür hielt sie die leise Stimme der Ärztin auf.

"Und was ist mit Ihrem Partner?"

Überrascht drehte Melanie sich um.

"Rick Huizman? Er hat gute Instinkte, aber glauben Sie, er ist eine Gefahr?"

Jetzt richtete sich die Pathologin in ihrem Sessel zur vollen Größe auf.

"Melanie Melzer! In welcher Welt leben Sie? Rick Huizman ist einer von uns!"

Melanie blieb wie angewurzelt stehen.

"In seinem ganzen Leben ist Rick noch nie in den Schatten eines solchen Verdachts geraten..."

Aus einem Gefühl vollkommener Überlegenheit heraus antwortete Frau Dr. Gerlach mit fester Stimme.

"Dann fragen Sie ihn doch mal nach den Umständen seiner Geburt..."

Mit raschen Schritten kam Melanie auf die Ärztin zu und stützte ihre Hände auf dem Schreibtisch ab.

"Wann hören Sie endlich auf, in Rätseln zu sprechen?"

Frau Dr. Gerlach bedachte Melanie mit einem milden Lächeln.

"Ich habe recherchiert... er hatte einen zweieiigen Zwillingsbruder, der als Totgeburt das Licht der Welt erblickte... Rick Huizman brauchte niemanden umzubringen, das hatte er bereits im Mutterleib getan..."

23

Auf der Rückfahrt saß Rick Huizman mißmutig neben dem Fahrer, der auch dann in Zeitlupe dahingondelte, wenn die Geschwindigkeitsbeschränkungen längst aufgehoben waren. Die Mitarbeiter der Staatsanwaltschaft hatten es sich hinten bequem gemacht und blätterten in den spärlichen Unterlagen, die ihnen in der Grenzstadt in die Hände gefallen waren. Wie von Huizman befürchtet, erwies sich die ganze Aktion als Reinfall, nichts deutete darauf hin, daß sie etwas erbeutet hatten, das eine Täterschaft Lena Königs im Fall Kevin Seibert würde erhärten können.

Im Büro des Supermarkts war nur der Computer von Interesse gewesen, und nach der Miene des Beamten zu urteilen, der ihn auf der Rückbank gerade flüchtig durchforstete, enthielt er nur langweiliges, buchhalterisches Zahlenmaterial. Auch in der verlassenen Wohnung fanden sie nichts von Belang, offensichtlich hatte die junge Frau nicht nur alles Persönliche mitgenommen, sondern gleich die halbe Wohnung ausgeräumt. Insgeheim hatte Huizman gehofft, in den Abfällen des Supermarkts, im Apartment oder in der Wohnanlage Überreste der Spritzen zu finden, die für den Mord an Seibert und die Stammzellenentnahme benützt worden waren, doch auch darin wurde er enttäuscht. Falls sich nicht doch noch klare Hinweise ergaben, konnten sie Lena König nicht einmal zur Fahndung ausschreiben.

Was Huizman jedoch am meisten verärgerte, war das betuliche Verhalten der Beamten, die, statt nach getaner Arbeit auf schnellstem Weg nach Hause zurückzukehren, ihn zwangen, mit ihnen zusammen in einer renommierten Gaststätte einzukehren, wo sie in aller Ruhe ein spätes, opulentes Mittagsmahl verzehrten. Dieses genüßliche Tafeln schienen sie unausgesprochen als eine Art Kompensation für die vergeudete Zeit zu betrachten, und mit dem übertriebenen Herumtrödeln, das merkte Huizman genau, straften sie ihn dafür ab, daß er ihnen diesen sinnlosen Auftrag eingebrockt hatte.

Als Huizman im Polizeipräsidium endlich an seinem Schreibtisch saß, versuchte er mehrmals vergeblich, seine Partnerin zu erreichen, und ging nochmal von vorne sämtliche Fälle durch. Als es immer später wurde und Melanie sich nicht zurückmeldete, wurde er langsam unruhig. So lange konnte sie doch nicht mit dem neuen Fall beschäftigt sein! Und dann tat er etwas, wofür er sich entsetzlich schämte, er schaltete die Ortung für ihr Diensttelefon ein. Was da auf dem Bildschirm aufleuchtete, versetzte ihn erst recht in Aufregung, denn es blinkte unmittelbar in dem Vorort, in dem ihr Vorgesetzter Valentin Bubek wohnte. Er wußte es deshalb so genau, weil er Bubek in der Vergangenheit oft nach Hause gefahren hatte. War sie bei ihm zu einer Besprechung? Dafür gab es eigentlich keinen Grund, denn Bubek verließ immer sehr spät sein Büro. Huizman griff nach dem Telefon, zuckte aber wieder zurück. Sollte er falsch geraten haben, wollte er das nicht von seinem Chef hören, er kannte dessen notorisches Mißtrauen. Er stand auf, packte seine Jacke und verließ eilig sein Büro.

Er benützte Umwege, um sich Bubeks Adresse zu nähern, und bog dann in eine einbahnige schmale Gasse ein, die im rechten Winkel auf die Straße zuhielt, an der Bubeks Haus stand, von dem gerade noch die Garageneinfahrt zu sehen war. Mit ausgeschaltetem Licht und im Schrittempo bewegte er sich vorwärts, bis er etwa dreißig Meter vor der Kreuzung eine Parklücke entdeckte. Etwas ratlos saß er da, der Polizist in ihm hieß ihn auszusteigen und nach Melanie zu suchen, doch sein Instinkt hielt ihn zurück und riet ihm, sich unsichtbar zu machen und abzuwarten, was geschah. Die Ortung ihres Telefons hatte keine Änderung ergeben, offenbar saß sie genauso wie er irgendwo in ihrem Auto und wartete – aber worauf? Er hatte keinen Zweifel, daß sie etwas mit Bubek vorhatte, doch daß sie allein handelte und ihren Chef vor seinem Haus abpaßte, bereitete ihm mächtiges Unbehagen. Er dachte an ihren Blickaustausch mit dem jungen Bauern und wie sie ihm gegenüber danach so abweisend geworden war. Versuchte sie einen Deal mit Bubek auszuhandeln, weil sie etwas gefunden hatte, das Markus Helwig belastete?

Auf der Querstraße vor ihm wurde der Asphalt plötzlich hell, und Huizman wurde unsanft aus seinen Überlegungen gerissen. Ein großer Wagen erschien in seinem Blickfeld und fuhr blinkend auf Bubeks Garage zu. Das Tor öffnete sich, Licht flammte auf und der Wagen rollte lautlos hinein, doch bevor es wieder ganz nach unten sank, huschte von der Seite eine Gestalt herbei und warf sich mit einem Hechtsprung ins Innere. Spätestens jetzt hätte der Polizist in Huizman das Kommando übernehmen und ihn zwingen müssen auszusteigen, zur Garage zu rennen und mit lautem Pochen Einlaß zu begehren, doch auch jetzt hielt ihn eine seltsame Scheu davon ab, eine Art rätselhafte Komplizenschaft, von der er hoffte, daß sie sich nicht als das entpuppte, was in ihm allmählich als schlimmer Verdacht aufstieg.

Doch seine Wünsche blieben ungehört. Kaum war das Garagentor geschlossen und die Beleuchtung im Inneren erloschen, drang durch eine Spalte, dort, wo das Rolltor nicht ganz auf dem Beton auflag, bläuliches Licht nach außen, das bald wieder erlosch. Jetzt erst war Huizman in der Lage auszusteigen und auf das Haus zuzugehen. Er hatte keine Eile, denn er wußte, was geschehen war, und da er es nicht verhindert hatte, gab es keinen Grund das, was jetzt folgte, zu unterbinden.

Er wartete vor der Garage, bis sich das Tor wieder öffnete, und stellte sich so hin, daß er gesehen werden konnte. Mit der Mechanik ging auch das Garagenlicht wieder an, und als das Tor einen Augenblick in der Horizontalen verharrte, bevor es sich wieder senkte, standen sich Rick Huizman und Melanie Melzer stumm und reglos gegenüber. Aus den Augenwinkeln sah er die weit offene Autotür und Bubeks Körper, der mit den Beinen zu ihm tot auf dem Bauch lag. Melanie schien Huizman erwartet zu haben, ihre Augen glänzten, und in ihrem Gesicht, das leicht gerötet war, las er trotzige Entschlossenheit. Ihre Hände steckten in ihren Jackentaschen, von einer Spritze oder sonst einer Waffe war nichts zu sehen.

Melanie bückte sich und trat nah an Huizman heran, als sich das Garagentor wieder senkte und es mit einem Schlag wieder dunkel wurde. Sie sah plötzlich müde aus, und ein Hauch von Wehmut lag in ihrem Blick.

"Hallo, Rick... ich wußte, daß du kommen würdest..."

"Wenn sich die Partnerin nicht meldet..."

Sie standen immer noch unbeweglich voreinander.

"Und wie kommt es, daß du ausgerechnet in diesem Augenblick auftauchst?"

Huizman sah ihr stumm in die Augen, und ein kaum wahrnehmbares Lächeln glitt über ihre Züge.

"Du hast gewartet..."

Sie wandte sich abrupt ab, ging von der Einfahrt nach rechts auf den Bürgersteig zu und vergewisserte sich, daß Huizman ihr folgte.

"Mein Auto steht gleich da vorne, laß uns dort weiter-reden..."

Sie ging jetzt schneller, stieg in ihren verbeulten Clio und stieß für Huizman die Beifahrertür auf. Als sie beide saßen, legte er ihr sanft eine Hand auf den Arm.

"Ich weiß, was du getan hast... und Lena König, Markus Helwig... ich weiß nur nicht, warum..."

Melanie schwieg lange, dann drehte sie sich entschlossen zu ihm um.

"Ich hatte ein langes Gespräch mit Frau Dr. Gerlach... sie weiß alles..."

"Was soll das heißen?"

"Wie aus dem Nichts sind Menschen entstanden mit einer Mutation im Erbgut, und es werden immer mehr... sie sind kerngesund und lieben das einfache Leben, doch sie können sich nicht fortpflanzen..."

"Deshalb brauchen sie die Stammzellen... aber warum müssen sie dafür töten?"

"Weil es nur mit der Vermischung ihres Bluts mit dem eines lebenden Spenders funktionier.... und da ihr Blut giftig ist..."

"Es ist also ein Kampf auf Leben und Tod..."

Melanie wandte sich ab und nickte, Huizman drückte ihren Arm und zog seine Hand zurück.

"Und was soll mit diesen Menschen werden?"

"Sag du es mir..."

"Wie könnte ich, da du eine von ihnen bist..."

"Wir gehören beide dazu..."

Ungläubig riß er seinen Kopf herum, und Melanie fuhr fort.

"Du hast einen Zwillingsbruder, der als Totgeburt zur Welt kam... sein Blut und dein Blut haben sich im Mutterleib vermischt..."

Für Huizman war es ein solcher Schock, daß er nicht einmal fragte, wie sie darauf gekommen war.

"Meine Mutter hat mir nie davon erzählt, und ich kann sie nicht mehr fragen..."

Er starrte Melanie an, und schlagartig fiel ihm wieder sein Alptraum ein.

"Mein Alptraum... ich habe dir doch davon erzählt... vielleicht hat er etwas damit zu tun... auch mein Aussetzer, als wir Lena König befragten..."

"Ich kann nur hoffen, daß es so ist..."

Jetzt war es Melanie, die Huizman eine Hand auf den Arm legte.

"Denk darüber nach... morgen werde ich ja sehen, wie du dich entschieden hast..."

Sie rückte sich zurecht und ließ den Motor an.

"Ich fahre jetzt zu Markus Helwig..."

In Huizman war alles ins Rutschen gekommen, dennoch empfand er keine Panik, denn zu seiner Überraschung spürte er, wie die alte Verbundenheit mit seiner Partnerin wieder auflebte, auch wenn er noch nicht alles begriff. Mit dem Rücken seines Zeigefingers wischte er ihr einmal zart über die Wange, dann stieg er aus und ging mit schweren Beinen zu seinem Auto zurück.

24

Als er bei Natalie klingelte und ihre Wohnungstür gleich darauf mit seinem Schlüssel öffnete, kam er sich vor, als würde er in eine fremde Wohnung eindringen. Natalie hatte es sich auf dem Sofa bequem gemacht, in einer modischen, schwarzen Latzhose über einem himmelblauen Pullover ging sie handschriftliche Entwürfe und einen Packen Fotos durch, ihre Füße steckten in warmen, flauschigen Puschen in Tintenblau, auf einem fahrbaren Beistelltischchen aus Acryl standen ein aufgeklappter Laptop und eine Flasche Wasser.

Sie sah auf, als Huizman herein kam, und merkte sofort, daß mit ihm etwas nicht in Ordnung war.

"Rick? Was ist los? Du bist ja ganz durcheinander!"

Huizman blieb mitten im Wohnzimmer stehen und schüttelte unbestimmt den Kopf. Natalie räumte ihre Unterlagen beiseite und setzte sich gerade hin.

"Komm her, setz dich zu mir... hast du Hunger? Soll ich dir etwas zu essen machen?"

Wieder schüttelte Huizman den Kopf, dann ließ er sich neben Natalie schwer aufs Sofa fallen, als sei er sterbensmüde.

"Ich habe unterwegs einen Burger gegessen..."

Natalie lachte hell auf.

"Einen Burger? Dann geht es dir wirklich nicht gut..."

Sie wandte sich zu ihm um und legte ihm einen Arm um die Schultern.

"Nun sag schon, was ist passiert?"

Er warf einen unschlüssigen Blick zu ihr hinüber und starrte dann wieder auf den Boden.

"Melanie hat Bubek umgebracht..."

Natalie zuckte zurück.

"Melanie hat was...?"

"Sie hat ihn mit ihrem Blut vergiftet und ihm Stammzellen entnommen..."

Natalie faßte Huizman am Kinn und zwang ihn, ihr in die Augen zu sehen.

"Rick! Warte mal... du redest wirres Zeug!"

Allmählich schien Huizman zu sich zu kommen, er nickte, stand langsam auf und ging mit unsicheren Schritten durch die Wohnung.

"Unsere Pathologin hat das Rätsel gelöst... es gibt offenbar immer mehr Menschen mit einer Mutation im Erbgut, die zwar kerngesund sind, aber unfruchtbar... ihr Blut ist tödlich für normale Menschen, doch erst, wenn es sich mit dem ihren vermischt, wirken die Stammzellen..."

Natalie wartete auf die Fortsetzung und ergänzte dann, als sei ihr das geläufig.

"...und danach sind die Spender tot..."

Huizman schwieg, und sie fuhr zögernd fort.

"Und Melanie ist eine von ihnen?"

Huizman starrte Natalie an und setzte sich wieder neben sie.

"Schlimmer noch... sie unterstellt, ich gehöre dazu..."

Natalie lächelte und lehnte sich zurück.

"Willst du behaupten, du weißt es nicht?"

Steif legte Huizman seine Hände auf die Knie.

"Ich soll einen Zwillingsbruder haben, der tot auf die Welt kam..."

"Hat dir das noch deine Mutter erzählt?"

"Sie hat mich immer behandelt, als wäre ich ein Einzelkind..."

Eine lange Stille senkte sich auf die beiden, dann ergriff Natalie das Wort.

"Rick? Ich muß dir etwas gestehen..."

Huizman richtete sich auf und sah sie müde an, doch Natalie mied seinen Blick.

"Diese E-Mails, die ich angeblich schrieb, als meine Chefin starb..."

Seine Augen waren jetzt unverwandt auf sie gerichtet, und sie fuhr hastig fort.

"...die hatte ich schon früher verfaßt... zur Tatzeit hat sie ein Spezialprogramm verschickt..."

"Aber das habe ich doch überprüft..."

"Nicht gründlich genug... du warst arglos... und du hast dich gleich in mich verliebt..."

Huizman wandte sich rasch ab und barg sein Gesicht in den Händen.

"Und warum sagst du mir das erst jetzt?"

Natalie drehte sich wieder zu ihm um.

"Ich wußte schon damals, daß du zu uns gehörst... aber nicht nur deshalb habe ich mich in dich verliebt..."

Sie packte ihn an beiden Schultern, richtete ihn auf und sah ihm tief in die Augen.

"Ich wollte Kinder mit dir, und es war ein Schock für mich, daß du ahnungslos warst..."

Huizman hob seine Hände und legte sie kraftlos auf die von Natalie, die immer noch auf seinen Schultern ruhten.

"Wie dumm ich bin... und du mußtest dich dauernd verstellen..."

Er ließ seine Hände sinken, in seinen Augen nistete immer noch der Zweifel.

"Was kann ich tun, um ganz sicher sein?"

Natalie seufzte und zog ihre Hände zurück.

"Warum wendest du dich nicht an das Krankenhaus, in dem du geboren wurdest?"

In Huizman kehrte allmählich das Leben zurück, und in seinem Blick erschien wieder das Wölfische.

"Das werde ich..."

Er stand auf und zog Natalie mit sich hoch, ihre ganzen Unterlagen flatterten zu Boden.

"...aber es gibt eine natürlichere Methoden, um herauszufinden, ob wir jetzt beide Zombies sind..."

Sie klappte nur noch rasch den Laptop zu, als sie ihm an seiner Hand ins Schlafzimmer folgte, alles andere ließ sie liegen.

25

Als Melanie am nächsten Morgen das gemeinsame Büro betrat, saß Huizman bereits an seinem Schreibtisch und gab Daten in den Computer ein. Von ferne versuchte sie zu ergründen, in welcher Stimmung er war. Die Tatsache allein, daß man sie noch nicht festgenommen hatte, beruhigte sie nicht. Er nickte ihr freundlich zu, als sie unsicher in der Tür stand, sagte aber kein Wort. Sie hielt es ebenso und nahm auf ihrer Seite Platz. Es war offensichtlich, daß er gefragt werden wollte, was er da machte, und sie tat ihm den Gefallen.

"Sag mal Rick... woran arbeitest du so eifrig?"

Huizman hob den Kopf, um über seinen Laptop hinweg zu sehen, und hielt kurz inne.

"Ich bearbeite die Passagen von Frau Dr. Gerlach..."

"Warum denn das?"

"Ich finde, sie hat schon zu viel verraten..."

"Aber sind wir nicht hier, um diese Verbrechen aufzuklären?"

"Es ist immer eine Frage der Perspektive... in den falschen Händen können ihre Informationen verheerend sein..."

Mit einem breiten Lächeln sahen sie sich an, und für Melanie war die Frage geklärt.

"Danke dir, Rick..."

"Danke nicht mir, danke Natalie..."

"Du weißt jetzt also auch über sie Bescheid..."

Sie legte ihr Telefon auf den Tisch und schaltete den Computer ein, doch dann lehnte sie sich wieder zurück.

"Hast du schon etwas von Bubek gehört?"

"Wird nicht mehr lange dauern... aber es gibt Unruhe im Haus, es braut sich etwas zusammen..."

"Wie kommst du darauf?"

"In den Gängen sind Leute unterwegs, die sonst nur telefonieren... und die Fälle sind sprunghaft gestiegen..."

Wie zum Beweis klingelten ihre Telefone, und Bubeks Sekretärin bat sie mit nüchternen Worten in den kleinen Sitzungssaal. Melanie und Huizman rafften ihre Sachen zusammen und verständigten sich ein letztes Mal mit einem konspirativen Blick.

Im Konferenzraum war ein halbes Dutzend ernster Herren in dunklen Anzügen versammelt, von der Mordkommission war nur der stellvertretende Leiter, Albrecht Leitner, anwesend. Sie warteten schweigend, bis Huizman und Melanie Platz genommen hatten, dann stand Leitner auf und ergriff das Wort.

"Wie ich eben zu meinem allergrößten Bedauern erfahren habe, ist unser geschätzter Kollege Valentin Bubek, Leiter der Mordkommission, heute morgen von seiner Putzfrau in seiner Garage tot aufgefunden worden..."

Leitner richtete sich jetzt beinahe drohend an Melanie und Huizman.

"...und zwar unter den gleichen Umständen wie in den Fällen, die sich seit einiger Zeit häufen und mit deren Aufklärung wir keinen Schritt weitergekommen sind..."

Er warf einen kurzen Blick auf seine Unterlagen und fuhr mit beschwörender Stimme fort.

"Da diese Fälle über das ganze Bundesgebiet verstreut sind - auch aus dem Ausland werden ähnliche Verbrechen gemeldet - ist die anfängliche Annahme eines Serientäters hinfällig, deshalb habe ich das LKA gebeten, sich der Sache anzunehmen, auch das BKA ist informiert, denn es besteht der begründete Verdacht, daß es sich hier um eine neue Form von Terrorismus handelt..."

Er hielt inne und ließ seinen Blick bedeutungsschwer über die Runde schweifen. Melanie und Huizman sahen sich verblüfft an, es fiel ihnen schwer, ernst zu bleiben, während die Beamten vom LKA dem Vortrag mit dem stoischem Ingrimm von Menschen lauschten, die auf das letzte Gefecht eingestimmt werden. Das Ende des Satzes spuckte Leitner förmlich aus.

"...über dessen Ursprung und Vorgehensweise wir leider noch rein gar nichts wissen..."

Er setzte sich wieder und blickte auf den Mann zu seiner Rechten. Er war etwa in Huizmans Alter, doch mit seinen langen, blonden, straff nach hinten gekämmten Haaren und seiner auffälligen roten Hornbrille sah er eher aus wie jemand aus der Künstlerbranche. Ein Arm hing lässig über die Rückenlehne, und er machte sich weder die Mühe aufzustehen noch sich vorzustellen.

"Mein herzliches Beileid..."

Er nickte Leitner, Huizman und Melanie flüchtig zu.

"...doch dieser Fall zeigt in aller Deutlichkeit, daß jetzt andere Methoden angewendet werden müssen... unsere Leute sind schon vor Ort..."

Wieder faßte er Huizman und Melanie ins Auge.

"Das soll kein Mißtrauen gegen Ihre Arbeit sein, doch wir verfügen über ganz andere Ressourcen..."

Leitner wartete ab, ob noch etwas kam, dann erhob er sich wieder und richtete sich direkt an seine Mitarbeiter.

"Hauptkommissar Rick Huizman und Kommissarin Melanie Melzer bitte ich, im Rahmen der neu zusammengestellten Ermittlerteams zu kooperieren und die Daten ihrer bisherigen Ergebnisse verschlüsselt in den <Brainpool> zu übertragen... haben Sie noch Fragen?"

Huizman stand langsam auf, er sah stattlich und gefährlich aus in seiner gespannten Körperhaltung, keineswegs wie ein Verlierer.

"Ich bitte darum, zusammen mit meiner Partnerin einer Sache nachgehen zu dürfen, die möglicherweise genau in die neue Richtung geht..."

Leitner sah unsicher zum Blonden hinunter, der ohne aufzublicken oder seine Stellung zu verändern nur mit den Schultern zuckte, dann wandte sich der stellvertretende Leiter der Mordkommission wieder an seine Leute.

"In Ordnung, aber Sie berichten direkt an mich..."

Alle Augen waren auf sie gerichtet, und es war deutlich zu spüren, daß man keinen Wert mehr legte auf ihre Anwesenheit. Sie erhoben sich eilig und verließen rasch den Sitzungssaal. Draußen trat Melanie Huizman in den Weg.

"Was war das denn eben für eine Ansage?"

"Wir fahren zusammen zum Krankenhaus, in dem ich geboren wurde..."

Melanie lachte befreit auf, und damit war endgültig jegliche Spannung zwischen ihnen gewichen.

"Verstehe... du hast die Absicht, in deinem eigenen Mordfall zu ermitteln..."

26

Sie saßen in ihrem Dienstfahrzeug, Melanie am Steuer, als hätte es den gestrigen Abend nicht gegeben. Das stetige Gleiten auf der Autobahn, die Illusion, daß die Welt wie ein stummes Schauspiel an ihnen vorbeizog und ihnen nichts anhaben konnte, erzeugte ein Gefühl von Irrealität und Zeitlosigkeit, und dennoch kreisten ihre Gedanken rastlos um immer dieselben Fragen. Was wurde aus ihnen? War die Ausbreitung des neuen Menschen nur ein Strohfeuer, das bald wieder erlosch wie der Schweif eines Kometen? Gab es für sie eine Zukunft?

Huizman mochte es, wenn Melanie am Steuer saß, sie bummelte nicht und fuhr auch nie zu schnell, sie hatte eine hellwache Art, auch auf schwierigste Verkehrssituationen zu reagieren, und manchmal gönnte sie sich den Spaß, sich mit einem Raser ein Rennen zu liefern, wenn es die Umstände erlaubten, nur um dann ganz plötzlich Gas wegzunehmen, sich zurückfallen zu lassen und dem anderen zu zeigen, daß sie nur mit ihm gespielt hatte.

Sie hatten beide das Nötigste für eine Übernachtung mitgenommen, denn sie rechneten nicht damit, in so kurzer Zeit all das zu erfahren, was für eine letzte Gewißheit nötig war. Zudem hatte ihre Entmachtung in den laufenden Ermittlungen und die abstruse Theorie, nach der jetzt vorgegangen wurde, den angenehmen Nebeneffekt, daß man sie überhaupt nicht mehr beachtete. Die von allen Schlußfolgerungen der Pathologin entkernten Daten, die sie der neuen Sonderkommission übermittelt hatten, bestätigten nur den Eindruck ihrer Entbehrlichkeit.

Huizman überlegte lange, wie er ein Gespräch anfangen sollte, ohne ihre entspannte Stimmung zu zerstören.

Doch da jetzt ohnehin alles durcheinandergeraten war und er sogar den Tod Bubeks wie eine zwangsläufige Selbstverständlichkeit hingenommen hatte, machte er sich keine allzu großen Gedanken. Er sah zu Melanie hinüber, betrachtete ihr klares, ausdrucksvolles Profil und lächelte über den Eifer, mit dem sie sie beide an ihren Bestimmungsort kutschierte.

"Du kannst es wohl kaum erwarten, mich als Mörder zu überführen und mir Handschellen anzulegen..."

Melanie wandte sich kurz mit einem herausfordernden Lächeln zu ihm um.

"Es ist doch wohl eher so, daß ich einen Bruder im Geiste suche, je eher ich ihn finde, desto besser..."

Trotz ihres frivolen Tons war beiden sehr wohl bewußt, worüber sie sprachen. Melanie wurde wieder ernst.

"Du fragst mich gar nicht, wie ich mich fühle, nach dem, was gestern passiert ist..."

"Willst du denn darüber reden?"

Melanie zuckte mit den Schultern.

"Ich habe eine Grenze überschritten und fühle mich nicht einmal schuldig..."

"...und ich habe es geschehen lassen, obwohl ich wußte, was du tust..."

Ohne es zu merken, nahm Melanie den Fuß vom Gas und starrte stumm geradeaus auf die Autobahn.

"Wir bewegen uns in einer nebelhaften Welt, und wir wissen nicht, ob es für uns eine Zukunft gibt..."

"Wir waren beide wie in Trance... und mir scheint, wir sind es noch..."

Sie fuhren durch ein dichtes Waldstück, über dem ganz hinten dichter, schwarzer Rauch aufstieg, der sich in Form eines Strichmännchens nach oben schlängelte, bevor er sich auflöste. Huizman wandte sich verwirrt ab.

"Die Ereignisse sind alle noch so frisch, ich möchte meiner Sache ganz sicher sein..."

Es entstand eine Pause, dann ließ sich Melanie wieder vernehmen.

"Hast du schon darüber nachgedacht, was wir nach unserer Rückkehr machen? Egal, was wir herausfinden?"

"Keine Ahnung... allzu lange werden wir uns nicht tarnen können..."

"Wie meinst du das?"

"Es ist doch nur eine Frage der Zeit, bis irgendein schlauer Kopf auf dieselben Ergebnisse stößt wie unsere Pathologin..."

"...dann werden sie massenhaft Bluttests machen und die Föten abtreiben... und was ist dann mit uns?"

Huizman sah in Melanies erschrockenes Gesicht und schob sich in seinem Sitz nach oben. Es machte ihn traurig, sie wieder so zaghaft zu sehen, er horchte tief in sich hinein, um etwas zu finden, womit er sie trösten konnte, und spürte plötzlich, wie ohne jede Vorwarnung eine wilde, unbezähmbare Kraft ihn erfüllte und sich in seinem ganzen Körper ausbreitete. Mit einem Lächeln, das ein Versprechen war, wandte er sich ihr zu.

"Alles fließt, uns wird nichts geschehen..."

27

Die Kleinstadt, in der Huizman zur Welt gekommen war und seine Kindheit und Jugend verbrachte hatte, war ihm mit den adretten Fachwerkhäusern und den engen Gassen schon als Kind klein und bizarr wie eine Puppenstube vorgekommen. Ein berühmter Heerführer, in dieser Stadt geboren, thronte noch immer mitten auf dem Marktplatz in seiner schweren Rüstung auf seinem ehernen Pferd, das wie der Reiter mit einer dicken Schicht Grünspan überzogen war und das linke Bein herrisch erhoben hatte zum nächsten epochalen Tritt. Die Menschen schienen wie damals still und ehrfürchtig um ihn herumzuwuseln, vielleicht duckten sie sich auch angesichts der beiden futuristisch anmutenden Türme des Atommeilers weit draußen, die mit ihrem weißen Dampf wie eine unausgesprochene Drohung die Ebene überragten.

Das Krankenhaus hatte einige Renovierungen hinter sich, und es waren einige Neubauten hinzugekommen. Der ganze Komplex lag ganz im Grünen. Der kaufmännische Direktor, Manfred Ackermann, empfing Huizman und Melanie in einem bescheidenen Büro. Er wirkte leicht verunsichert und versuchte Autorität auszustrahlen, indem er sich um einen sachlichen Ton bemühte. Ohne aufzustehen, wies er auf zwei Stühle vor seinem Schreibtisch, die offensichtlich kurz vorher dorthin gestellt worden waren.

"Bitte nehmen Sie doch Platz... offengestanden ist mir der Zweck Ihres Besuchs noch immer nicht ganz klar..."

Nach einem raschen Blickwechsel mit Melanie ergriff Huizman das Wort.

"Herr Ackermann, wir sind Ihnen sehr dankbar, daß Sie so rasch einen Termin für uns fanden..."

Lässig schlug er ein Bein über das andere.

"Sie können ganz beruhigt sein, unsere Nachforschungen haben nichts mit einer Straftat zu tun, es handelt sich um etwas sehr Persönliches, das aber Auswirkungen auf unsere aktuellen Ermittlungen hat..."

Melanie sicherte sich mit einem Nicken zu Huizman ab und fuhr fort.

"Mein Kollege hier wurde in diesem Krankenhaus geboren, und durch einen Zufall hörte er davon, daß er einen totgeborenen Zwillingsbruder haben soll..."

Ackermann, der sich nach den ersten Worten Huizmans sichtlich entspannt hatte, war plötzlich wieder auf der Hut und sah verständnislos von Melanie zu Huizman.

"Entschuldigen Sie... haben Sie nicht mit Ihrer Mutter gesprochen, hat sie Ihnen nichts davon erzählt?"

Huizman und Melanie sahen sich an, und er las in ihren Augen, daß er antworten sollte.

"Eine berechtigte Frage... aber meine Mutter kann ich leider nicht mehr fragen, und sie hat mir immer vorgegaukelt, ein Einzelkind zu sein..."

Melanie sprang ihm wieder bei.

"Sie hat wohl befürchtet, Rick – mein Partner – würde ein Leben lang Schuldgefühle mit sich herumtragen, das ist ja oft so bei Überlebenden..."

Ackermann starrte beide unschlüssig an.

"Ich verstehe ja, daß Sie das beschäftigt, aber was genau erwarten Sie von mir?"

Huizman setzte seine Beine wieder nebeneinander und beugte sich vor.

"Wir möchten den Arzt und die Schwestern sprechen, die bei meiner Geburt dabei waren..."

Er registrierte Ackermanns Blick, der wieder abweisend wurde, und setzte nach.

"Nochmal... es geht nicht um eine Straftat oder Regreßforderungen, wir müssen aus verschiedenen Gründen nur ganz sicher wissen, was tatsächlich bei meiner Geburt geschah...."

Ackermann nickte und blätterte in einer alten Akte, die vorbereitet vor ihm auf dem Schreibtisch lag.

"Hier ist es... es handelt sich um Dr. Lothar Schelling, er wurde assistiert von Schwester Gertrud Kipping und Schwester Adelheid Vollmer... sie sind aber nicht mehr bei uns beschäftigt..."

Er sah auf und schloß die Akte, als könnten ihr unversehens noch weitere Angaben entweichen.

"Ich sage meiner Sekretärin Bescheid, daß sie alle verfügbaren Daten für Sie heraussucht..."

Melanie und Huizman standen gleichzeitig auf, das Schlußwort überließ sie ihrem Partner.

"Das ist sehr entgegenkommend von Ihnen, mehr brauchen wir auch nicht..."

28

Das Haus von Dr. Schelling lag ganz hinten in einer Sackgasse etwas außerhalb der Stadt. Schmalbrüstig und windschief, von einem winzigen Garten umgeben, erhob es sich ein Stockwerk hoch, beschützt von einem steilen Giebeldach. Von den angrenzenden Häusern unterschied es sich nur dadurch, daß es besonders ungepflegt wirkte.

Nach dem Klingeln dauerte es eine Weile, bis sich etwas rührte. Der alte Arzt, der im Erdgeschoß wohnte, mittlerweile neunundsiebzig Jahre alt, öffnete selbst die Tür. Er war groß, hager, schlecht rasiert, mit einem langen Gesicht und langen, ungepflegten Haaren, auf seiner Nase saß eine randlose Brille, über die hinweg er Melanie und Huizman mißtrauisch musterte. Ein Hauch von ungelüfteter Wohnung stieg ihnen in die Nase, seine zerknitterte Kleidung – die ausgebeulte Hose und die fleckige Anzugsjacke – schien daran ihren Anteil zu haben. In gebeugter Haltung hielt er sich an einem Stock fest, und es schien, als könnte er sich nicht mehr an ihren Anruf erinnern, der nur zwei Stunden zurücklag. Doch plötzlich belebten sich seine Züge, und er richtete sich mühsam auf.

"Sind Sie die Kriminalbeamten...?"

Huizman und Melanie zückten ihre Ausweise und hielten sie ihm nah unter die Augen. Der Arzt hob den Kopf, um durch die Brillengläser zu sehen, und Huizman murmelte dazu so freundlich wie möglich.

"Hauptkommissar Huizman, meine Kollegin, Kommissarin Melzer..."

Der Arzt starrte auf die Ausweise, rückte mit der freien Hand die Brille zurecht und nickte dann heftig.

"Schon gut, kommen Sie herein..."

Er ließ sie an sich vorbei und ging ihnen dann mit mühsam schlurfenden Schritten ins Wohnzimmer voraus, dessen Ausstattung augenscheinlich noch weit aus dem letzten Jahrhundert stammte. Dunkle Nußbaumschränke und -kommoden voller Silber und feinem Kristall, Stühle mit gedrechselten Beinen, durchgesessene Fauteuils und ein Sofa mit abgewetzten, handgefertigten Stoffbezügen, die es heutzutage nicht mehr zu kaufen gab. Die schweren, dunkelblauen Samtvorhänge waren größtenteils vorgezogen, sodaß das Licht fast ausschließlich von einem Kronleuchter kam.

Dr. Schelling ließ sich ächzend in einem Sessel nieder, auf dem er offensichtlich vorher schon gesessen hatte, legte behutsam seinen Stock an die Lehne, dessen Griff ein eiserner Drachenkopf zierte, rührte in einem Glas mit einer milchigen Flüssigkeit, das vor ihm auf einem langen Glastisch stand, trank es in einem Zuge leer und wies auf die wellige Couch.

"Bitte nehmen Sie doch Platz... ich kann Ihnen leider nichts anbieten, meine Haushaltshilfe kommt immer erst am Nachmittag..."

Seine Stimme war leise und von einem unterschwellig leidenden Klang, doch seine Worte kamen klar und deutlich, was seine Besucher mit Erleichterung aufnahmen. Huizman wandte sich ihm zu.

"Erstmal vielen Dank, daß Sie bereit waren, uns zu empfangen..."

Er beugte sich vor, seine Ellbogen auf den Knien.

"Herr Dr. Schelling, wir sind zwar Kriminalbeamte, aber uns interessiert etwas, das Sie vielleicht verwundern wird, aber für gewisse Ermittlungen von großer Wichtigkeit ist..."

Huizman drehte sich kurz zu Melanie um, die ihn lächelnd ermunterte.

"Es geht um meine Geburt, Sie waren im Kreißsaal, Sie haben geholfen, mich auf die Welt zu bringen..."

An der Haltung des Arztes hatte sich nichts geändert, nur seine Körperspannung schien auf einmal erhöht, und ein unmerkliches Lächeln schlich sich in seine Augenwinkel.

"So etwas Ähnliches haben Sie am Telefon erwähnt... aber Sie müssen mir schon mehr verraten, damit ich mich erinnern kann..."

"Mein Name ist Richard Huizman, ich bin zweiundvierzig Jahre alt, und jemand behauptet, ich hätte einen Zwillingsbruder, der als Totgeburt zur Welt kam..."

Das Lächeln des Arztes war verschwunden, seine Augen schienen plötzlich vergrößert, und ein wachsamer Zug zeigte sich auf seinem Gesicht.

"Können Sie mir sagen, wer mir assistierte?"

"Gertrud Kipping und Adelheid Vollmer..."

Mit dem Arzt ging eine Veränderung vor, welche die beiden Kriminalbeamten erschreckte. Sein Gesicht, ohnehin von vorzeitigem Verfall gezeichnet, wurde grau wie verdorbenes Fleisch, und er schien kaum noch zu atmen. Er konnte nur noch flüstern.

"Sind Sie dieses Kind?"

"Wie meinen Sie das?"

"Es gab diesen Vorfall..."

Er sprach nicht weiter, Melanie schnellte vom Sofa hoch und ging neben seinem Fauteuil in die Hocke.

"Herr Dr. Schelling... ist Ihnen nicht gut?"

Der alte Mann hob einen Arm vor sein Gesicht und schüttelte den Kopf.

"Lassen Sie... es geht vorbei..."

Huizman rückte auf dem Sofa näher an ihn heran.

"Sind Sie sicher? Wir wollen Sie nicht unnötig quälen..."

Der Arzt ließ seinen Arm sinken, das Blut kehrte in sein Gesicht zurück.

"Nein, bitte... es ist das erste Mal, daß ich darüber spreche..."

Melanie nahm wieder auf der Couch Platz, und der Arzt fuhr fort, ohne seine Besucher anzusehen.

"Ich erinnere mich genau... die Wehen Ihrer Mutter dauerten ewig... sie schrie und schrie... wir entschlossen uns nachzuhelfen, und plötzlich ging es ganz schnell..."

Er machte eine Pause, seine Augen waren vollkommen nach innen gewandt.

"Sie kamen als erster, danach Ihr Bruder, winzig, verschrumpelt und schon lange tot... aber da war noch etwas... etwas Unsägliches, Furchteinflößendes, etwas, das noch nie ein Mensch gesehen hat..."

Er wand sich in seinem Sessel, als müßte er sich gegen jemanden wehren.

"Als Sie aus dem Mutterleib schlüpften, umgab Sie für kurze Zeit ein bläuliches Licht, Sie hatten den Körper eines Einjährigen, ohne Nabelschnur, ohne die blutigen Begleiterscheinungen des Geburtsvorgangs. Ihre Augen waren porzellanblau und weit offen, Sie sahen uns an und lächelten, als wüßten Sie um alle Geheimnisse der Welt..."

Dr. Schelling sackte etwas in sich zusammen, aber er war noch voll bei Sinnen.

"Dieser Augenblick währte nur kurz, dann lagen Sie wieder da wie ein normaler Neugeborener, der aus allen Kräften schrie..."

Der Arzt verstummte und sah apathisch vor sich hin. Huizman machte sich vorsichtig bemerkbar.

"Und was war mit meinem Bruder?"

Dr. Schelling zuckte zusammen, fing sich jedoch gleich wieder.

"Als ob diese Vision nicht gereicht hätte...! In die Nabelschnur Ihres Bruders war in der Mitte eine Schleife geknotet...! Es kommt vor, daß sie sich um den Hals des Säuglings wickelt, aber ein Knoten... einen solchen Knoten hat noch niemand gesehen..."

Der Arzt schien wie aus einer Hypnose aufzutauchen und trank einen Schluck Wasser aus einem Glas, das auf dem Tablett neben seiner Medizin stand. Zu Melanies Bestürzung wurde Huizman auf einmal aschfahl, doch sie konnte sich nicht um ihn kümmern, sie wollte, daß der alte Mann weitersprach.

"Und Sie haben nie mit jemand darüber gesprochen?"

Dr. Schelling wirkte jetzt wieder so müde und abwesend wie zu Beginn.

"Nein... ich wurde zum Alkoholiker und verlor meine Approbation... dank meiner Geschwister lebe ich jetzt im

Haus meiner Eltern, und dank der Mieter über mir habe ich mein Auskommen..."

Er sagte nicht, daß sie jetzt gehen sollten, doch es war offensichtlich, daß er völlig erschöpft war. Merkwürdigerweise schien er keine Beziehung herzustellen zwischen seiner Vision, die ihn aus der Bahn geworfen hatte, und Huizman, der leibhaftig vor ihm stand und der Anlaß für sein Elend war, und er stellte keine Fragen.

Melanie sah zu Huizman hinüber, der angeschlagen wirkte, und stand auf. Huizman tat es ihr gleich und erhob sich mit wackligen Beinen. Melanie richtete sich ein letztes Mal an den Arzt.

"Herr Dr. Schelling... wir sind Ihnen sehr dankbar für Ihre Offenheit... Sie sehen, auch meinen Partner hat es sehr mitgenommen... was immer dieses Erlebnis bedeuten mag... "

Auch Huizman fühlte sich zu einem letzten Wort verpflichtet.

"Vielen Dank... ich hoffe sehr, Sie finden Ihren Frieden..."

Der alte Mann sah reglos zu, wie die beiden Besucher das Wohnzimmer verließen, durch den Flur gingen und leise die Haustür hinter sich schlossen, dann lehnte er sich zurück und sah mit leerem Blick an die Decke.

Mit raschen Schritten gingen sie zu ihrem Auto, und als sie saßen, wandte sich Melanie sofort an Huizman.

"Alles in Ordnung mit dir? Du bist immer noch bleich wie der Tod..."

Allmählich wachte Huizman aus seiner Benommenheit auf.

"Mein Alptraum... ich habe dir nicht erzählt, daß es mir beim letzten Mal, als er mich heimsuchte, gelang, einen Knoten in das glitschige Seil zu knüpfen... ich konnte einen Fuß in die Schlinge setzen, mich hoch stemmen, den Deckel des Behälters anheben und aus meinem Gefängnis klettern..."

Melanie starrte ihn ahnungsvoll an, ein leichter Schwindel erfaßte sie.

"Dann ist es also wahr... der Mord im Mutterleib... Traum und Wirklichkeit sind eins..."

Huizman sperrte sich noch, auch wenn alles dafür sprach.

"Warten wir ab, was von den beiden Krankenschwestern kommt... Dr. Schellings Absturz könnte ganz andere Ursachen haben..."

29

Die psychiatrische Abteilung war in einem alten Herrenhaus untergebracht, das für die neuen Bedürfnisse entsprechend umgebaut worden war. Die Eingangshalle, wie früher durch die ursprüngliche, restaurierte, mit Eisen beschlagene Eichentür zu erreichen, ließ eher auf ein exklusives Resort schließen als auf einen Aufenthaltsort für Patienten, die mit Beruhigungsmitteln, notfalls auch mit Zwangsjacken und durch Fixierungen daran gehindert wurden, sich selbst oder ihre Mitmenschen zu verletzen.

Die Dame am Empfang verwies die beiden Kriminalbeamten an die für Adelheid Vollmer zuständige Ärztin, Frau Dr. Antje Schildbach, die gleich nebenan ihr Büro hatte. Es war hell und freundlich eingerichtet, und ein französisches Fenster öffnete sich auf eine kleine, eingezäunte Terrasse mit Tisch und Gartenstühlen, die von einem alten Kastanienbaum beschattet wurde.

Die Psychiaterin war eine brünette, lebhafte Frau um die fünfzig mit immer noch sehr weiblicher Figur. Das Leben in dieser Institution hatte sie offenbar nicht zynisch gemacht. Ohne jegliche Förmlichkeiten ging sie auf Melanie und Huizman zu und drückte ihnen die Hände.

"Freut mich, Sie kennenzulernen, selten verirrt sich ein Mensch aus der Außenwelt hierher..."

Geschmeidig bewegte sie sich auf die Sitzecke zu, deutete auf zwei bequeme Sessel und nahm selber Platz.

"Bitte setzte Sie sich... kann ich Ihnen etwas zu trinken anbieten?"

Ihre Besucher schüttelten fast synchron den Kopf, dann war es Melanie, die begann.

"Vielen Dank, so lange halten wir Sie nicht auf..."

Die Ärztin verzog lächelnd das Gesicht, was wohl auf spaßige Weise bedeuten sollte <dann eben nicht>.

"Na gut... Sie möchten Adelheid Vollmer sprechen, haben Sie mir am Telefon gesagt..."

Jetzt meldete sich auch Huizman zu Wort.

"Es geht um eine Geburt vor zweiundvierzig Jahren, bei der sie assistierte..."

Die Psychiaterin versteifte sich ein wenig, doch bevor sie etwas erwidern konnte, fuhr Huizman fort.

"Keine Bange, es geht nicht um eine Straftat oder dergleichen... es soll sich bei dieser Geburt etwas zugetragen haben, das uns möglicherweise in einem anderen Fall weiterhilft..."

Frau Dr. Schildbach hatte etwas von ihrem Schwung verloren, aber sie war nicht auf der Hut.

"Kann es sein, daß Sie von den Zwillingen sprechen, von denen der eine tot geboren wurde?"

Huizman nickte.

"Der andere war ich..."

Die Ärztin sah ihn lange an, als hätte sie das erwartet. An ihrem konzentrierten Gesichtsausdruck konnte man jetzt deutlich all die Dramen ablesen, die sie bei der Behandlung ihrer Patienten erlebt haben mußte, dennoch wirkte sie noch immer offen und entspannt.

"Sie wissen schon, daß dieses Ereignis Frau Vollmer für alle Zeiten aus der Bahn geworfen hat..."

"Nein, das wußten wir nicht..."

Sie lehnte sich zurück und verschränkte die Hände.

"Damals war sie erst Anfang zwanzig... kurz danach verstummte sie völlig und wurde katatonisch... es hat Jahre gedauert, bis sie sich wieder bewegen konnte..."

Leise wurde sie von Melanie unterbrochen.

"Ich verstehe nicht... was ist denn bei der Geburt passiert?"

Die Ärztin seufzte, sie schien zu überlegen, wie weit sie gehen konnte, dann festigte sich ihr Blick.

"Wir wissen es nicht... bis heute nicht... als Adelheid wieder anfing zu sprechen, phantasierte sie von ihrer Wiedergeburt... oder von der Geburt, bei der sie assistierte, das geht immer durcheinander... und wie sie ein ganz neues Leben beginnen werde..."

Huizman sah sie durchdringend an.

"Haben Sie dazu jemals Dr. Schelling befragt?"

"Oh ja, mehrmals... aber er weigerte sich, mit uns zu reden, oder er war nicht in der Lage dazu..."

Es entstand eine Stille, und alle wußten, was jetzt im Raum stand. Es war Huizman, der die Frage stellte.

"Glauben Sie, wir könnten mit Frau Vollmer sprechen?"

Frau Dr. Schildbach seufzte wieder und blickte gequält.

"Hören Sie, ich sehe, daß Sie beide Menschen mit beträchtlicher Empathiefähigkeit sind, doch wenn Sie Adelheid auf dieses Erlebnis ansprechen, gerät sie wieder tagelang in eine exaltierte, lebensbedrohliche Hochstimmung, und erfahren werden Sie nichts..."

Sie beugte sich vor und verwarf die Hände.

"Ist das, was ich Ihnen erzähle, nicht genug an Information? Wir sind für jeden Tag dankbar, an dem sie ein einigermaßen normales Leben führen kann..."

Huizman sah Melanie an, dann wandte er sich an die Ärztin.

"Schade, aber das verstehen wir... vielleicht haben wir bei Frau Kipping mehr Glück..."

Ein trauriges Lächeln umspielte ihren Mund.

"Gertrud Kipping? Die ist bei einer Sekte untergeschlüpft..."

"Das wissen wir... sie bezeichnen sich als <Adamiten> und versprechen die Rückkehr ins Paradies..."

Melanie und Huizman erhoben sich, und auch Frau Dr. Schildbach stand eilig auf. Erhitzt, verunsichert und ratlos standen sie voreinander, dann sprach die Psychiaterin ein letztes Wort. Sie sah plötzlich deprimiert aus und versuchte ein ironisches Lächeln, das ihr gründlich mißlang.

"Falls diese Leute ihr Versprechen halten, geben Sie mir doch bitte Bescheid..."

30

Nach langem Hin und Her gewährte die Leitung der
<Adamiten> den beiden Kriminalbeamten einen Termin
erst am folgenden späten Nachmittag. Melanie und Huizman verbrachten die Nacht in einer Pension und würden
dort nochmal übernachten müssen, sie hatten aber auch
gar keinen Grund zur Eile. Am nächsten Morgen nutzten
sie die Wartezeit für einen ausgedehnten Ausflug in die
idyllische Hügellandschaft und genossen den Frieden und
die Stille.

Die Sekte bewohnte einen alten Bauernhof weit außerhalb der Stadt. Gegründet wurde sie von einem Mann, der
als Industriemanager einen Haufen Geld verdient hatte,
aber durch einen <Erweckungstraum>, über den er ein
Buch schrieb, zur festen Überzeugung gelangte, ein vollkommen falsches Leben zu führen. Nach seiner Pensio-
nierung kaufte er etwa zur Zeit von Huizmans Geburt das
Anwesen mit all den Wiesen und Äckern, die dazugehör-
ten, baute alte Stallungen und Remisen zu Wohnungen
um, scharte etwa ein Dutzend Gleichgesinnte um sich und
bewirtschafte mit ihnen zusammen das Gut so ursprüng-
lich wie möglich. Seine Ansichten entsprangen nicht reli-
giöser Überzeugung, auch wenn der Sündenfall eine zentrale Rolle spielte. Die Vertreibung aus dem Paradies sah
er nicht als Abfall von Gott, für ihn war es ganz pragma-
tisch eine Abkehr vom kreatürlichen Dasein, die in eine
für ihn verhängnisvolle technologische Versklavung mün-
dete. Im Sinne Rousseaus wünschte er sich ein <Zurück
zur Natur>, nicht ein <Zurück zu Gott>.

In der Euphorie der ersten zwanzig Jahre schien sein
Traum wahr zu werden, auch wenn er immer wieder Geld
zuschießen mußte. Man berichtete viel darüber in den

Medien, und es wurden sogar Kinder geboren, die von allen gemeinsam aufgezogen wurden, doch dann schlichen sich allmählich wieder die alten Verhaltensmuster ein. Einige fühlten sich übervorteilt, andere sehnten sich nach den Bequemlichkeiten des früheren Lebens, und manchen zerrte der monotone Alltagstrott an den Nerven.

In weiser Voraussicht hatte der Sektengründer seine Schöpfung in eine Stiftung umgewandelt, damit nicht eine einzelne Person aus Willkür dem ganzen eine Ende setzen konnte. Dennoch vermochte er nicht zu verhindern, daß seine Vision nach seinem Tod rapide verfiel. Nur ein einziges Kind entschloß sich zum Bleiben, es wurden wieder Maschinen angeschafft und Personal verpflichtet, um den Betrieb aufrechtzuerhalten, eine Art Verwalter ohne jegliche spirituelle Neigung stand dem ganzen jetzt vor, und in der Öffentlichkeit geriet diese seltsame Lebensgemeinschaft vollkommen in Vergessenheit.

Gertrud Kipping war als einziges ursprüngliches Mitglied noch dabei, und sie war die einzige mit einem religiösen Antrieb. Der Säugling mit den porzellanblauen Augen, der ihr im blauen Himmelslicht erschienen war, begleitete sie all die Jahre hindurch, und geduldig wartete sie darauf, daß er ihr als Erlöser gegenübertreten und sie für ihre Geduld und Hingabe mit seinem Segen entlohnen würde. Ohne es richtig mitzubekommen, hatte sie zwei Kinder geboren, die, so bald sie konnten, das Weite suchten, und auch das drang kaum in ihr Bewußtsein vor. Sie war eine friedliche und freundliche Person, die nie den Versuch unternahm, die anderen zu missionieren, und das war auch der Grund, daß sie von den anderen zwar belächelt, aber als zuverlässige Arbeitskraft geduldet wurde. Schon früh hatte sie sich daran gemacht, einen alten Webstuhl instandzusetzen, und seitdem eine erstaunliche Fertigkeit im Weben entwickelt. Man verschwieg ihr geflissentlich, daß alles, was sie herstellte, mit großem Gewinn verkauft wurde.

Als Melanie und Huizman zur vereinbarten Zeit vor dem Bauernhaus vorfuhren, schlurften draußen ein paar ältere Herrschaften herum, die man eher in einem Altersheim erwartete als auf einem Bauernhof, der bewirtschaftet wurde. Der Verwalter, oder was auch immer er darstellte, ein Mann um die dreißig mit schütterem Haar und gebückter Haltung, kam aus dem Haus und trottete mürrisch auf sie zu. Die Stiftung war offenbar nicht attraktiv genug, um jemanden mit größerem Enthusiasmus zu verpflichten.

Melanie trat auf ihn zu, sie wollte verhindern, daß der kräftig gebaute Huizman mit seiner tiefen Stimme ihn womöglich zu einem Rückzieher bewog. Mit einem Lächeln streckte sie ihm ihre Hand entgegen.

"Melanie Melzer... mein Kollege Richard Huizman... wir sind Ihnen sehr dankbar, daß Sie uns den Kontakt mit Frau Kipping ermöglichen..."

Der junge Mann war vor ihnen stehengeblieben und sah sie verdrießlich an. Melanies ausgestreckte Hand ignorierte er.

"Sie wohnt da drüben..."

Er deutete auf eine zu einem kleinen Bungalow umgebauten Remise.

"Ist dauernd am Arbeiten... aber vielleicht hat sie Zeit..."

Er drehte sich wieder um und verschwand im Haus. Huizman und Melanie sahen sich an und hielten an sich, um nicht laut loszulachen, dann überquerten sie rasch den Hof und klopften vernehmlich an die Tür des kleinen

Häuschens. Geräusche drangen zu ihnen heraus, die sie nicht einordnen konnten, dann öffneten sie vorsichtig die Tür. Den halben Raum, in dem kein Licht brannte, nahm ein altertümlicher Webstuhl ein, an dem Gertrud Kipping saß und in gemächlichem Rhythmus webte. Ihr fülliger Leib war in bunte Gewänder gewickelt, wie man sie aus Indien kannte, nach den Unterlagen mußte sie jetzt fünfundsiebzig sein. Sie sah kurz auf und lächelte, dann vertiefte sie sich wieder in ihre Arbeit.

Melanie und Huizman hatten lange darüber beraten, wie sie vorgehen sollten, ob das Gespräch über Huizmans Geburt sie eventuell zu sehr aufwühlen könnte, doch nach dem, was sie gehört hatten und wie sie sie vorfanden, schienen ihnen ihr Bedenken fehl am Platz, im Gegenteil, für Gertrud Kipping hatte ihr Leben lang nur dieses eine Thema existiert, und es war für sie mit Hoffnung verbunden. Da sie keine Sitzgelegenheit erspähen konnten und keine angeboten bekamen, blieben sie neben der Frau stehen. Diesmal war es Huizman, der das Wort ergriff.

"Frau Kipping, ich bin Rick, und das ist Melanie... ich weiß nicht, ob man Ihnen gesagt, warum wir hier sind..."

Auch wenn der Webstuhl nicht sehr laut war, konnte man sich nur schwer verständigen, doch die Frau machte keine Anstalten innezuhalten. Sie sah nur kurz hoch.

"Sie wollen wissen, wann er endlich kommt..."

Huizman stellte sich so hin, daß er sich in ihrem Blickfeld befand.

"Ja, das stimmt, deswegen sind wir hier... aber wir haben gehört, Sie waren dabei, als er geboren wurde..."

Als hätte jemand der ehemaligen Krankenschwester eine Spritze verpaßt, wurden ihre Bewegungen langsamer, dann stand der Webstuhl still. Mit einem verklärten Lächeln sah sie zu Huizman auf.

"Es war, als ob sich der Himmel öffnete... auf einmal war er da... er war vollkommen, er sah mich an, und in seinen Augen leuchtete ein Versprechen... er wird mich finden und all das Böse von mir nehmen..."

"Was ist mit den anderen Menschen? Haben die kein Anrecht auf Erlösung"

Sie schüttelte lächelnd den Kopf.

"Er kommt nur zu mir, denn ich habe ihn auf die Welt gebracht..."

Huizman zögerte, dann stellte er seine letzte Frage.

"Würden Sie ihn erkennen, wenn er vor Ihnen stünde?"

Sie wandte sich ihm ganz zu, und für einen Augenblick sah man ihr Gesicht ohne den Wahn, der es ständig zu einem Lächeln verzerrte. Mit beinahe anstößiger Intensität musterte sie ihn von oben bis unten.

"Er würde so aussehen wie Sie..."

Sie sah ihm in die Augen, doch ihr Blick verlor schon wieder seine Schärfe.

"Sagen Sie ihm, ich bin bereit, ihn zu empfangen..."

Damit war ihre Aufmerksamkeit erloschen, und der Webstuhl setzte sich wieder in Bewegung. Huizman trat einen Schritt näher an sie heran.

"Dann hoffen wir, daß Ihr Wunsch in Erfüllung geht.."

Die Frau hörte schon nicht mehr hin, und die beiden Kriminalbeamten zogen sich leise aus der dämmrigen

Werkstatt zurück. Draußen standen sie unsicher nebeneinander und holten erstmal tief Luft, dann faßte Melanie
zaghaft nach Huizmans Hand.

"Glaubst du es jetzt?"

Huizman sah aus wie jemand, der nach langer Irrfahrt
endlich nach Hause gekommen ist. Halt suchend wandte
er sich zu Melanie um, die fest ihre Arme um ihn legte.

"Vielleicht bist du sogar der erste neue Mensch..."

Am nächsten Morgen, als sie in ihrer Pension beim
Frühstück saßen, erreichten sie erste Meldungen, wonach
eine Seuche, die als überwunden galt, mit doppelter Hef-
tigkeit wieder ausgebrochen war und diesmal ausnahms-
los tödlich verlief.

Bedächtig stieg Rick Huizman Schritt für Schritt den Hügel hinauf, Schnee knirschte unter seinen Fellschuhen, und an dem Stock, der über seiner Schulter hing, baumelten drei erlegte Hasen. Es war ein trüber Wintertag mit verhangenem, bleigrauem Himmel, hinter dem sich die Sonne seit dem Morgen versteckte, und jetzt, am frühen Nachmittag, wurde es bereits wieder dunkel.

Oben angekommen, legte er den Stock mit den toten Hasen auf dem verharschten Schnee ab, richtete sich wieder auf und blickte über die Ebene. Vereinzelte Windräder, einst das Symbol der alten Menschen für eine Zeitenwende, ragten jetzt zerbrochen und nutzlos wie überdimensionale Vogelscheuchen in den Himmel. Die Silhouette der weit entfernten Stadt, in der er lange gelebt hatte, bröckelte und die Gebäude verrotteten. Und noch immer, nach all den Jahren, sah man irgendwo ein Feuer flackern oder Rauch aufsteigen, doch niemand hatte die Gestalten je zu Gesicht bekommen, die dort in den Ruinen wie Ratten hausten, aber alle wußten, daß die alte Zeit erst vorbei war, wenn sich dort nichts mehr rührte.

Huizman war jetzt zweiundachtzig und bei bester Gesundheit, und der kleine Umweg auf die Kuppe dieses Hügels war für ihn immer auch eine Reise in die Vergangenheit, zumindest in Gedanken, aber nicht, um etwas nachzutrauern, es war mehr wie ein Rekapitulieren, ein sich Erinnern was war und was geworden ist, denn es gab nicht mehr viele in seinem Alter, und es schien ihm wichtig zu sein, daß auch die Jungen wußten, woher sie kamen und wie alles begonnen hatte.

Zur gleichen Zeit, als man ihn und Melanie Melzer inoffiziell vom Dienst suspendierte und eine alte Seuche wieder ausbrach, auch im Ausland, die alle dahinraffte, die sich ansteckten, entschlüsselten Forscher das Erbgut der neuen Menschen und stellten den Zusammenhang zu den zahllosen rätselhaften Toten mit Herzversagen her. Es dauerte nicht lange, bis man die Mutanten auch für das Wiederaufflammen der Epidemie verantwortlich machte und Blutproben anordnete, um sie jagen zu können wie Parias. Wie durch ein Wunder waren sie immun gegen das Virus und flohen vor den Verfolgungen aufs Land, wo sie meist in Bauernhöfen Unterschlupf fanden, deren Eigentümer an der Seuche verstorben waren.

Melanie zog zu Markus Helwig auf dessen Bauernhof, Huizman quartierte sich mit Natalie zunächst im Ferienhaus ihrer Eltern ein, das an einem See lag. Lea Krieger, ehemals Lena König, übernahm mit Martin Fehr ein kleines Weingut, angrenzend an das seines Onkels, das ihnen von der verwitweten Besitzerin vermacht wurde, nachdem ihre Kinder entweder gestorben oder fortgezogen waren. Überraschend gesellte sich zu ihnen auch der Dorfpolizist Holger Brand, einer der wenigen Überlebenden, auch wenn er kein Mutant war, der in entsagungsvoller Verehrung für Lea alles aufgab und fortan als Mädchen für alles ein nützliches Leben fristete.

Diese quälende und unsichere Übergangszeit währte nur kurz, denn die alten Menschen fanden kein Rezept gegen die erbarmungslos wütende Pandemie, das öffentliche Leben erstarb, die Grundversorgung brach zusammen, und in den Städten stapelten sich die Leichen. Niemand hatte das kommen sehen, und so waren die neuen Menschen, die etwa drei von Tausend der Gesamtbevölkerung ausmachten, gezwungen, in ihre Wohnorte zurückzukehren und die Toten in mühseliger, wochenlanger Knochenarbeit zu beerdigen.

Ebenso erstaunlich wie ihre Immunität gegen die Seuche erwies sich ihre Entscheidung für ihr weiteres Leben.

Niemand wollte in der Stadt bleiben, alle zog es wieder hinaus aufs Land, auch die, die noch nie eine Kuh aus der Nähe gesehen hatten. Anfangs bediente man sich noch der alten Maschinen, nahm Werkzeug mit und alles mögliche für den täglichen Bedarf. Doch im Lauf der Jahre begannen sie alles selbst herzustellen. Man baute Webstühle, um Kleidung anzufertigen, eine Fähigkeit, die Natalie Slimani zu hoher Kunst entwickelte, Eisen wurde gegossen und in Hammerschmieden bearbeitet, die mit Wasserkraft betrieben wurden, Dampfmaschinen kamen überall für schwere Arbeiten zum Einsatz. Um alte Bauernhöfe herum errichtete man einfache Holzhäuser mit gemauerten, geräumigen Kellerräumen, in denen Vorräte aufbewahrt wurden. Jedes Haus hatte ein Brunnenzimmer, das auch als Waschraum diente, es gab eine Feuerstelle, auf der man große Eimer mit Wasser aufwärmen konnte für ein Wannenbad, einige bauten sogar eine Sauna ein. Mit den Latrinen taten sie sich anfangs schwer, doch auch dafür fanden sie eine Lösung. Landwirtschaft betrieben sie in kleinen Gemeinschaften, Pferde gehörten wieder zu den wichtigsten Nutztieren, und auf die Jagd gingen die ersten wieder mit Pfeil und Bogen, nachdem die Munition für die Gewehre ausgegangen war.

Huizman und Natalie schlossen sich denen an, die sich um das Bauerngut von Markus Helwig und Melanie Melzer scharten, das, von fruchtbarem Boden umgeben, an einem Fluß lag und zur Stadt hin durch wellige, bewaldete Hügel vor heftigen Stürmen geschützt war. Beide Paare zeugten rasch Kinder, beide ein Mädchen und einen Jungen, die keine der bekannten Kinderkrankheiten bekamen und wie ihre Eltern weitgehend unempfindlich waren gegen Hitze und Kälte, auch wenn sich im Winter alle gerne um ein Herdfeuer versammelten. Groß war die Freude, als eines Tages Frau Dr. Gerlach auf dem Hof auftauchte, nachdem sie vernommen hatte, daß Huizman und Melanie dorthin gezogen waren.

In die Freude, von den alten Zivilisationskrankheiten verschont zu bleiben, mischte sich ein Wermutstropfen. Überdurchschnittlich viele Kinder mit Progerie wurden geboren, es gab keine Möglichkeit, die Vergreisung aufzuhalten, das einzige, was die Gemeinschaft tun konnte, war, diese armen Wesen besonders liebevoll bis zum vorzeitigen Hinscheiden zu begleiten, und hier zeigte sich die ehemalige Pathologin in ihrer ganzen Größe.

Huizman hatte sich immer gewundert, daß keiner von denen, die aufs Land gezogen waren, plötzlich rückfällig wurde und das bequeme Leben, das sie gewohnt waren, wiederhaben wollte, erst recht nicht die Kinder und schon gar nicht die Enkel, von denen die ältesten schon fünfzehn waren. Manchmal erfaßte ihn ein leiser Schauder, wenn er in die jungen Gesichter ihrer Nachkommen blickte, die keine verborgenen Sehnsüchte und keine bösartigen Gedanken zu kennen schienen und mit tatkräftigem Eifer die tägliche Arbeit verrichteten, scheinbar ohne etwas zu vermissen. Hatte die Natur ihren Fehler korrigiert und die Menschen wieder in kreatürliche Wesen zurückverwandelt? Er dachte an all die Bücher, die er gelesen hatte, an die phantastischen Gemälde, die über die Jahrhunderte entstanden waren, an die klassische Musik, die seine Seele wärmte, aber auch an die urmächtigen Popsongs, die vor etwa hundert Jahren weltweit wie Raketen in den Himmel schossen, an all die Paläste und Kathedralen, die von dem verzweifelten Versuch der alten Menschen zeugten, ihrem Dasein einen höheren Sinn zu verleihen, und er fragte sich, ob all das verloren war. Was wurde aus der Sprache, entwickelte sie sich weiter oder verstummten die neuen Menschen irgendwann in ihrer Isolation und vegetierten bald nur noch tierhaft da-

hin? Oder wiederholte sich die verhängnisvolle Mensch-heitsgeschichte, die beinahe zur Zerstörung der Erde ge-führt hatte? Ein paar junge Leute hatten eine Art Saiten-instrumente gebastelt, denen sie seltsam monotone, me-lancholisch anmutende Laute entlockten, die in nichts an die Musik erinnerte, die er von früher kannte, und er fühl-te sich tief in seinem Inneren fremd und verloren.

Huizman begann den Abstieg, brachte den ersten Ha-sen einem jungen Paar, das erst im Herbst hierher gezo-gen war, den zweiten gab er Melanie, deren ganze Fami-lie im riesigen Haupthaus wohnte, den dritten nahm er mit nach Hause, wo Natalie schon auf ihn wartete. Sie war jetzt über Siebzig, doch das Alter hatte ihr nichts an-haben können, ihre Haare waren zwar grau, aber noch dicht, und sie hielt auf sich, nur ihre samtenen, dunkel-blauen Augen waren eine Spur heller geworden. Sie hatte schon alles vorbereitet, in einem Topf schmorten Dörr-bohnen, in einem anderen kochten Kartoffeln, und eine große Pfanne wartete auf das Wild. Huizman hing den Hasen an einen Haken, zog seinen Fellmantel aus und legte seine Arme um sie. Die Zeit, die sie zusammen ver-bracht hatten, kam ihm so kurz vor wie ein Atemzug. Sie lösten sich voneinander, und er sah ihr tief in die Augen.

"Glaubst du, daß alles richtig ist, so, wie es ist?"

"Mein lieber Rick... daß wir uns gefunden haben... ist das nicht Beweis genug?"

Sie strich ihm eine widerborstige Haarsträhne aus der Stirn und stupste ihn leicht gegen die Nase.

"Und jetzt häute deinen Hasen, oder willst du, daß ich vor Hunger sterbe?"

Zeitfracht Medien GmbH
Ferdinand-Jühlke-Straße 7
99095 Erfurt, Deutschland
produktsicherheit@kolibri360.de